寻光旅人

寻光旅人

素满多
拓来福 —— 著

青岛出版社
QINGDAO PUBLISHING HOUSE

图书在版编目(CIP)数据

寻光旅人/素满多，拓来福著.—青岛：青岛出版社，2021.10
ISBN 978-7-5552-0985-0

Ⅰ.①寻… Ⅱ.①素…②拓… Ⅲ.①散文集—中国—当代 Ⅳ.①I267

中国版本图书馆CIP数据核字(2021)第047256号

书　　名　寻光旅人
作　　者　素满多　拓来福
出版发行　青岛出版社
社　　址　青岛市崂山区海尔路182号（266061）
本社网址　http://www.qdpub.com
邮购电话　18613853563　0532-68068091
责任编辑　郭红霞
特约编辑　崔　悦
校　　对　刘　军
装帧设计　蒋　晴
照　　排　李红艳 王晶璎
印　　刷　天津联城印刷有限公司
出版日期　2021年10月第1版　2021年10月第1次印刷
开　　本　32开（880mm×1230mm）
印　　张　10
字　　数　111千
书　　号　ISBN 978-7-5552-0985-0
定　　价　49.80元

编校印装质量、盗版监督服务电话 4006532017　0532-68068050

序

素满多和拓来福，一对年轻的爱侣，周游世界，见过许多种落日，被不同纬度的寒风和热风吹拂过，汗滴约旦的沙漠、哈瓦那的街头和亚马孙雨林，最后写出这样一本书。

我读罢全书，但能说些什么呢?

年轻的他们经历之丰富不用我赘述，你翻翻目录即可知。

他们拥有那么多的经验值，如同游戏里的骨灰级玩家，而我就像在新手村里安居乐业一辈子的小白。

我这辈子只去过日本和英国，出门在外最刺激的经历不过是误机。我连信用卡被盗刷的遭遇都没有过，而他们却经历过，在东非大草原的星空下，眼望着乞力马扎罗山，信用卡却被人盗刷……

我少年时耽读三毛，尤其沉迷于她那本中南美洲游记——《万水千山走遍》，以至于后来总有个模糊的错觉，以为自己真的走过许多地方，其实那些不是旅途记忆而是阅读印象，羞杀人也。

现在，看着素满多和拓来福他们走过的这些地方，这些世界地理课上应该牢牢被记为知识点的地方,慢慢地成了他们的落脚点,我有点恍惚。

原来“天涯”真的是用来“浪迹”的，而不是用来“望断”的。

我本是一个宅男，就希望今生不用四海奔波。我总喜欢向人重复那句谚语：“旅行不过是卖了自己家的房子，去看别人家的地。”

让我前半生如此嘴硬的其实是小时候读过的一个盲诗人的故事。

诗人在街上走着，头顶上有隆隆声，旁人好心对他说是飞机经过，诗人却说：“住嘴，我对此自有想象。”

所以，我一直执拗地蜗居宅伏，就是觉得——我对世间自有想象，不可以吗?

在读这本书之前，刺激到我的其实是陈丹青先生的节目《局部》。他说大卫的雕像我们都在书里见过，但画册往往篇幅有限，只展示雕像的正面。但如果在现场，你就可以不跟任何人打招呼，转过去看到大卫的屁股。

是的，年华已逝，我渐渐知晓自己到底错过了什么。

人世间的那些遗憾就像暗房中的底片，在显影液里陆续呈现，越来越清晰，这也算是人生落到了实处吧。

我承认了这种懊悔，也就可以坦然地说出我对本书两位作者有多么羡慕了。

他们在第比利斯的旧货市场上看到那些挂在铁丝栅栏上的油画；他们在某希腊小镇跟那么多的陌生人一起等待落日降临；他们还遇到过特别懂得套路的小野猴子，人家抢去了素满多的眼镜；他们还吃过食人鱼，见过满地的狒狒……

他们那次由旅馆人员陪同夜游亚马孙的经历，其实是雷声大雨点小，并没看到多少稀罕的景观，也许只走了几十米。而且如他们所说，所见不过是一张蜘蛛网和几只节肢类昆虫，但你还是觉得被那一片沉甸甸的黑暗笼罩着，他们那几步夜行颇让人羡慕。

其实这本书里面更多的是有一种真正可贵的平常心，不仅仅是攻略，不单单是“种草”。他们只是从容地感叹着，偶尔四目相对，自然万事心照。

无论去到哪个国度，两个人都是从自己的角度追忆。他们并不是要battle（较量），只是因为并肩看夕阳之后，记忆中的夕阳也有不同的侧颜吧。

其实我真正关心的不是他们在书里提到的一切，而是书里没有提到但他们会永远记得的一切。那是必然存在的，那是仅有他们心知肚明的，那是他们不用与我们分享的，那是我们也择日出发才会遇到的。

这本书叫《寻光旅人》，其实他们就是发光体，就是夜游亚马孙时那个忘记充电的强光手电。人生嘛，只要我们不忘牵手，不就可以随时充电吗？

最后，我抄一首波拉尼奥的诗吧。

此刻你独自散步在

此刻你独自散步在巴塞罗那码头。
你抽上一支黑烟，
那一瞬间你希望下雨。
钱这方面众神对你不够慷慨，
但却满足你古怪的念头。
往天上看：
下雨了。

素素，拓拓，很高兴认识你们。
你们再出发的时候，如果遇上雨，请想起这首诗。

史 航[1]

2021 年 4 月 11 日

[1] 史航，编剧、影视戏剧评论人

目　录

CONTENTS

CHAPTER 11 古巴：
我们跟老爷车较上了劲

CHAPTER 12 尼泊尔：
一别六年，再见了女神

CHAPTER 13 格鲁吉亚和亚美尼亚：
外高加索二缺一

CHAPTER 14 新加坡：
绝望里的希望

CHAPTER 15 俄罗斯：
“战斗民族”的40天

CHAPTER 16 印度：
崩溃的，温暖的，难忘的

CHAPTER 17 印度：
干了这碗恒河水，敢不敢

CHAPTER 18 秘鲁：
等一次日出

CHAPTER 19 秘鲁：
无限不循环

CHAPTER 01 尼泊尔：

你好拓来福，我去朝圣啦

作者：素满多

我要出国了，去尼泊尔。
因为，一个单身文艺男青年需要一些活下去的素材。

加德满都著名的景点——猴庙

关于死亡

2012 年最值得庆幸的事当数世界没有毁灭。

那一年，我刚工作不久，在一家当时略有名气的互联网公司就职，收入不敢保证锦衣玉食，活得却也逍遥自在，只是空虚至极，以致成天胡思乱想。在省吃俭用地买了一台入门级单反相机之后，我就越发空虚。

我想出国！目的只是出国而已，我不能在意外降临之前还未曾走出过自己的国家，甚至没有一本属于自己的护照。如果非要我编造一个理由的话，那就是：一个单身文艺男青年需要一些活下去的素材。我想去一个人们听说过却很少去过的国家，越是冷门的国家可能越让人好奇。尼泊尔正适合，费用不高，又显得略有格调，毕竟这个国家在我的印象中，只在冯小刚的《不见不散》里出现过一次。不过后来就有越来越多的电影加入了尼泊尔的元素。临行前我告诉远在深圳公司总部的拓来福：我要去尼泊尔了——一个据说贫穷但幸福指数很高的国家。那时我们只是同事，工作中有不少交流，聊着聊着，交流的内容也就不仅限于工作了。她应该很羡慕我，这让我觉得这次去尼泊尔的理由应该编得更忧郁一点儿："我要去朝圣，或是寻找新生。"

第一次出国旅行，我选择了旅行团，成员大多是夫妻，年龄基本上比我大，我对他们以哥姐相称。我很羡慕武哥和他老婆的行李箱，29 英寸，贴满了贴纸，让我一度觉得他们去过很多地方——他们每去一个地方都要贴一张。这种错觉持续到我第一次网购行李箱——店主送了几十张贴纸。另一对夫妻每年都会参加几次旅行团，在跟团出国这方面也算是过来人。我们很快就熟络了。

第一站是加德满都的烧尸庙。尼泊尔的苦行者很多集结于此，他们全身布满了如同过期了的痱子粉一样的粉末，有些还会在额头涂一些鲜艳的颜料，有的抽着烟，有的盘腿坐在高台上，像一尊布满灰尘的雕像，时不时地在游客背后突然咆哮，为的是让游客同他们合影以获取小费。

团里的几位长者觉得来这样的地方很不吉利，没有下车，但尼泊尔人认为：烧尸是神圣的。隔河而望，我通过长焦镜头细细观察，一具裹着白布的尸体被一群人簇拥着抬出，被放到一人多高的焚尸台上，亲人解开白布擦拭尸体，短暂却悲痛的告别之后，尸体被付之一炬，灰烬被倾入在高台下的河中顺流而下。这条河名叫巴格玛蒂河，而河的下游就是印度恒河……

烧尸庙原本叫帕斯帕提那，支付得起烧尸费的人在临终前被家人送到帕斯帕提那神庙的"等死室"，用最后一丝残念期盼着轮回……

我不想要这样的结局，如果一定要选择一种死亡方式，我根本不希望被那么多人观望着，就好像别人都在等待我死去，而我迟迟等不到收场却要强逼自己一把。然而我才二十几岁，何苦想到死呢？我等灾难降临了再说吧，距离 2012 年 12 月 22 日还有 99 天，对门邻居的狗已经好久没有在深夜狂吠过了，至少最近一段时间地壳还算安全。所以此时此刻我要活着，拓来福还等着我的礼物呢。

9 月恰逢尼泊尔的雨季，我们的司机很愿意打开车窗让淅沥的小雨淋在身上。尼泊尔人认为汽车是有生命的，往往会在自己的车上挂五彩斑斓的彩带和写咒语。一路基本是盘山公路，很少有笔直的公路，即便是柏油路，也多是坑坑洼洼的。通往蓝毗尼的道路被泥石流阻塞，据说尼泊尔到了雨季，山路发生泥石流是常有的事，一大段公路被碎石泥土伴着细雨挡住了，好在碎石没有砸到过往的车辆。山间虽然车辆不多，却也拥堵了两三公里，没有呼啸来往的警车，事发现场只有一辆推土机毫不慌张地向悬崖下倾倒着山石。清理出足够通过一辆卡车的宽度之后，双向车辆有序通行，没人鸣笛，没人抱怨，像是常态。在我们从碎石边经过的时候，一只野狗狂吠了几声。一切都好像不曾发生。

我们不得不放弃去蓝毗尼的行程，盼望着下次还有机会再来。

没想到念念不忘，必有回响，6 年后，我果真又来了一趟尼泊尔。那是后话了。

烧尸庙一瞥

喜马拉雅的日出

博卡拉称得上是尼泊尔的富人区，这里有一条商业街，去的中国人多了，那条街就改名叫“兄弟姐妹街”了，这是导游告诉我们的，我差点儿当真……博卡拉费瓦湖上的滑翔伞运动很值得一提，每人会有一位教练带领。其实所谓“带领”，就是将教练固定在自己身后，由他来操控滑翔伞，自己负责用一台绑在伞包上的GoPro（运动相机）拍照就好。滑翔伞从半山腰起飞，运气好的话可以飞进云彩里。我的教练是一位尼泊尔小哥，英语略微有些口音，但交流很顺畅。来的路上勾姐说曾经发生过这样的事故：一只老鹰被卷进了张二狗和约翰·亨特尔的伞绳，二人一命呜呼，命殒费瓦湖畔……我不禁一直安慰我的向导：“等落地了，请你喝上好的可乐……”降落的时候，我看到武哥的老婆在呕吐，一位白发苍苍的老人家在拍她的背，那是她的教练——一位来自美国的七十岁的骨科大夫。我和他攀谈后得知，他因为喜欢滑翔伞运动，所以来尼泊尔做了一名滑翔伞教练。

在美国，他曾是一名骨科大夫，所以在博卡拉开了一家骨科诊所。我们聊天的时候，一个尼泊尔青年给他递过来一张X光片，我问他：“这是你的工作？”他说：“我的爱好。”

距离城市越来越远的时候，所有人都知道就要看到喜马拉雅山了，随着海拔的升高，空气也变得沁凉。大巴在山间歇脚，我们也都下了车，这引来了不少当地人推销纪念品。看着几张印着鱼尾峰却因为受潮变得发卷的明信片，我突然想给自己寄一张。思量再三，还是算了，我没有笔。

第二天就要看到喜马拉雅的日出了，我们四点就要起床，没人迟到。

看日出的地点是一座山丘，在鱼尾峰的正南面，山丘上集结了上百人。第一缕阳光出现的那一刻起，山丘上突然变得格外安静，对面的山脉被耀眼的金色光芒逐渐侵蚀，雪山的棱角将金色和白色光芒隔开，近处的山体清晰地显现着黑色，远处的山峰却像是笼了一层纱，飘散着风吹起的雪雾，那种震撼感虽然持续了不到10分钟，但让我感觉是一种恩赐。在最后想再拍几组镜头的时候，我的视线被前面的一对情侣挡住了，这时候我真的感觉到自己有点儿忧伤……

一生行走，望断天涯，最远不过是晚霞，而你今世又在哪户人家，欲语泪先下……

在尼泊尔的最后一天，我们又回到了加德满都。我盘算着带回些礼物，勾姐帮我挑了两个带绣花的手工斜挎包，说是可以送给女孩子，所以我决定，黑色的送给拓来福，绿色的送给奶奶。我记得回国后不久去深圳出差，见到拓来福背着我送她的挎包。我淡淡地觉得：是我文艺的气息打动了她，而她对我的这种好感来不及避开被我撞见。两个月之后，我约武哥一家还有拓来福去杭州共度周末，想把这对夫妇介绍给拓来福认识。因为我总有种错觉，回国之后她似乎越发仰慕我了，况且我也需要帮手，帮我在拓来福面前把我说得更文艺、更忧郁一点儿。我们买了同一天抵达杭州的机票，一个从北京出发，一个从深圳出发。出票之后我得到一个“好消息”：武哥一家临时有事，去不了了……冥冥之中，这为我和拓来福的单独出行创造了机会，也许这就是命运的安排。

从那以后，我出国再也不用跟团了。

后记：

2015 年 4 月 25 日 14 时 11 分，尼泊尔发生 8.1 级地震，震源深度 20 千米，截至 2015 年 6 月 11 日，地震造成至少 8786 人死亡，无数保留了数百年的建筑被毁于一旦，无异于一次浩劫……

博卡拉的滑翔伞运动

喜马拉雅的第一缕阳光

CHAPTER 02 斯里兰卡：

买了件婚纱，就出发

作者：拓来福

我们都是对婚姻充满恐惧的人，
唯恐柴米油盐酱醋茶消磨了时光。
我们盼望着，
能够从一切束缚我们的东西中以及肉眼看不见的细小蹉跎里，
真正得到解放。
每一天和其他天变得不一样。
我想，
我们一定可以。

在斯里兰卡的第一张婚纱照

在康提，来自陌生人的祝福

2012 年 12 月，在杭州行之后，我和素满多就在一起了。虽然我们是异地恋，但是一切都那么顺其自然。后来，他把钱取出来买了张机票就飞到深圳，送了我一张北京的定制公交卡，公交卡上是他在杭州给我拍的照片。就那么一瞬间，我决定辞掉深圳的工作，在 2013 年初春，拉着所有家当，牵着素满多的手就奔到了北京。工作我可以再找，而错过一个人就是一辈子。到北京后的日子平静如水，我们俩像所有年轻人一样，每天早晨一起开车去上班，朝九晚五。

有一天下班的路上，我突然问正在开车的素满多："咱俩是不是该结婚了？"

他想了下道："要不等我们去完 9 个城市，第 10 个就是家。"

我抿嘴偷笑，然后说："好啊。"我心里琢磨着，这还挺浪漫。

紧接着，素满多试探性地问我："你……想办婚礼吗？"

"不、不、不！"我把头摇得像拨浪鼓，"有点儿尴尬吧，不喜欢。"

“原来我俩想法一样。”我明显感觉到素满多松了一口气，“婚礼就像马戏团表演，太拧巴。”

我表示完全赞同：“但是我想拥有一件自己的婚纱。”

素满多提议：“那我们买件婚纱，带上婚纱去旅行吧，我给你拍婚纱照，怎么样？”

“可以啊，但是去哪里呢？”我变得兴奋起来。

刚巧，一辆大巴从左侧超过我们，巴士车身上有张巨幅广告，写着：“斯里兰卡，印度洋的一滴泪。”还在开车的素满多说：“斯里兰卡！就去这儿！”

我们在斯里兰卡包了一辆车，打算环岛旅行。司机叫 Upali，是一位四十多岁的长者，戴着眼镜，有点儿深沉，皮肤黝黑，话很少，浑身还散发着一股咖喱味。我承认，Upali 给我的第一印象很不好。

尼甘布是我们在斯里兰卡的第一个落脚点，距离科伦坡很近，通常很多人下飞机后，会先来这里过夜，我们也不例外。Upali 把我们放到尼甘布的民宿就离开了，说好了第二天一早来接我们去康提。康提皇家植物园号称世界上最好的热带植物园，占地面积超过了 60 公顷，曾经是康提国王的御花园。我们打算在这里拍婚纱照。

一大早我就穿上了鱼尾婚纱，那是我从北京五棵松婚纱城买来的，店家要价1500元，被我砍到800元成交。当我穿着婚纱上车的时候，Upali特意从车上走下来，非常有仪式感地替我托着婚纱裙摆，盛赞道："很漂亮，恭喜你，新婚快乐。"

从尼甘布到康提开车需要三个小时，我穿着婚纱坐在热带国家的小汽车里，和蒸锅里的小笼包别无二致。在我的眼皮上不停晃动的阳光似乎越发炽热，我一早辛苦化的妆早花了，素满多打趣地说我像只小花狗。其实，带着婚纱去旅行并不是一件容易事。

皇家植物园出现在眼前时，我感动得都要哭了。车刚停好，我就迫不及待地跳出去，还没来得及整理好裙摆，就被一群小学生围住了，有人害羞地捂着嘴巴笑，有人帮忙托起我的婚纱。素满多从车里拿出提前准备好的糖果递给我，我将糖果放到她们的手心里，姑娘们簇拥着我，抢着说着什么。

Upali大叔笑着说："她们想和你拍照呢。"素满多拿出相机，拍下了我的第一张婚纱照。没有化妆师，没有闪光灯，连新郎都躲在幕后，可是姑娘们的微笑将我的幸福翻了倍。

我们走进皇家植物园后，所有迎面走过的陌生人都会微笑着送给我一句祝福"恭喜你""你真美""新婚快乐"……甚至有人专程从200米开外的地方跑来跟我合影，送来一声祝福。这些饱含祝福的英文单词像点燃了我所有的细胞，从未预想到的别样幸福感突如其来，劈头盖脸地要砸晕我。

素满多一手拿着打光板，一手拿着足有几斤重的 Nikon D610 的机身和 24–70 的镜头，刚顶着太阳拍了一会儿，就汗流浃背，画着米奇的 T 恤早已湿透。他冲我做了个鬼脸，悄悄地说："就算……这是我送你的婚礼吧。"

摄像机的镜头在一排排棕榈树和沾着雨露的芭蕉叶中穿梭往返。植物园里参天的古树下，树根勾画出图案，就像黄土地上的图腾，延展出几百年的故事和灵气。 这的确是一场盛大的婚礼，整个皇家植物园都是我们的主场，每一位宾客都向我露出最真诚的笑容，送上最温暖的祝福。虽然我的新郎并没有穿上西服，但是他穿着湿透的 T 恤在烈日下异常帅气。

那一天，好像整个斯里兰卡的人都知道我将是你的新娘。

那一刻，我想幸福就是这么简单。

我们抵达康提古城时，已是黄昏。康提是斯里兰卡的第二大城市，在 1595 年，人们于康提湖畔修建了一座金光闪闪的建筑佛牙寺，又被称为"达拉达·马利戛瓦"(Dalada Maligawa)。夜越深气氛越浓烈。象牙白的外壁被罩上有层次感的金黄色，仿佛黑暗中不灭的光源，

康提舞

在护寺河中熠熠生辉。当地人穿着白衣，手捧莲花，游客们嗡嗡的嘈杂声丝毫不影响他们的专注。我和素满多躲过遍地的狒狒，走到旁边的康提文化艺术中心。那里已经座无虚席，我们站在最后一排。正在演出的是斯里兰卡的传统舞蹈——康提舞，它被称为斯里兰卡最纯洁的舞蹈，历史悠久，起源于古代康提王国，是人们祈福的一种仪式。我俩正在观看，突然打着鼓的男人就喷起火来，我俩乐了，这不就是杂技？

我不想你们觉得我的祖国不好

次日又是漫长的车程，我们穿越斯里兰卡的山区小路，前往努沃勒埃利耶的茶场。中途Upali停车休息，路边刚好有两位驯蛇人正在热情洋溢地吹拉弹唱，眼镜蛇盘踞在竹筐里随之摇摆。我胆怯地站在远处遥望，不敢靠近。素满多禁不住好奇奔过去拍了几张照片，其中一位驯蛇人立刻走向素满多，他身上还挂着一条巨蟒，蟒蛇在他的肩头蠕动。素满多本能地退后一步。驯蛇人伸出手指不停地晃动，索要大约200元人民币的小费。这在斯里兰卡简直是天价了，要知道我们那天吃的龙虾才140元人民币啊。

Upali看到素满多因为被纠缠变得不知所措，立刻走上前去解围。他们说了些什么，Upali从口袋里掏出200卢比（约合10元人民币）塞给驯蛇人，便带着我们离开了。上车后，我和素满多感谢Upali，一定要还给他钱。大叔轻声吐出一句话："我不想你们觉得斯里兰卡不好。"

继续一路向南就能抵达整个斯里兰卡的最南端美瑞莎，站在随便一处海滩上，好似可以拥抱整个印度洋的风，而我瞬间渺小到无法感知自我的存在。我相信每一片海域都有自己的性格，美瑞莎的海如同驻守时光的卫士，沾染了些许孤

偶遇的驯蛇人

独，却守护了整个斯里兰卡的宁静。南面是广阔无边的印度洋，而所有试图侵入内陆的风，都被美瑞莎的一草一木抵挡在外。海边的人们拥有着悠闲缓慢的生活步调，好像因为临着海域，人生也变得辽阔而平缓。空气里泛着潮湿的香气，我眼中的每一个人都心安理得地汲取着大自然带来的生命力，到处散发着虚无缥缈的快乐。

我们和民宿老板说好第二天要乘快艇去看鲸和海豚，他会开车带我们到港口。

那天我们在茫茫大海上漂了整整 6 个小时，舵手完全根据经验判断开着快艇，太阳越发炙热，沧海一粟般的我们期待着和另一物种的不期而遇。船上的年轻人告诉我海豚很友好，它们很喜欢人类，有时会一路跟随快艇，飞跃起舞，好不快乐。但是这也要讲究缘分，游客并不是每一次都可以和它们相遇。而我们幸运极了。海豚越来越多，鸣叫着跃出海平面，在阳光下画出一道道优美的弧线，船上的我们尖叫着鼓起掌来。它们像撒娇的孩子一般围绕着快艇不肯离去，舵手索性关了引擎，我们的快艇变成了海豚的玩具，让它们欢欣鼓舞。下午我们回到民宿后，老板的儿子拿出一只硕大的龙虾跑过来，说刚捕的，问我们要不要吃。龙虾大到挡住了孩子的脸，他乖乖地举着，露出渴望的眼神。我和素满多连连点头说好，他就拿着龙虾开心地跑了。

在斯里兰卡的日子里我们好像回归了原始社会，饿了就能从捕鱼的船里随便拿点儿什么烤着吃，渴了就从椰子树上打下一颗椰子来。

司机 Upali 年纪很大了，曾经在机场打工，退休后才开始当司机。

“其实斯里兰卡的人们只是太穷了，但并不坏。他们跟人开口要钱，是因为真的没有。”Upali 低头沉默片刻，眼睛看向远方，若有所思地对我俩说，“如果你们愿意，那些穷人会帮助你们，只要一点儿小费就好。只希望你们……不要讨厌我的祖国。”

我们突然觉得有点儿羞愧难当，沉默片刻后，素满多跑回房间，拿了一张昨天买的明信片。他郑重其事地在明信片上写下了这样一段话：

如果你有幸坐了 Upali 的车，
那恭喜你们，他会给你最好的建议和最愉悦的旅程。
不要有任何怀疑，请把所有信任交付于他，你会爱上这里。
——来自中国的素素和拓拓

写完后，素满多拿起明信片，对 Upali 说：“这是我送您的礼物，您可以把它放在车上，给中国人看。”之后素满多用英文认真地翻译了一遍明信片上的内容。Upali 把明信片捧在掌心里，好像是一种承诺般，表示回去之后会把它塑封起来，挂在车里。

我说：“我们很爱斯里兰卡。”

Upali 如释重负地说：“谢谢。这是我的荣幸。”

美瑞莎的海边真的太适合拍婚纱照了。素满多穿上了人生中唯一的一件黑色衬衫，戴上墨镜，支起三脚架。拍两个人的婚纱照并没有想象中那么容易，我们把快门线藏在手里，其中一个人默念 1、2、3，咔嚓一声之后才能放松面部表情。天晓得我们一共拍了几百张照片。

我们正在拍照时，一位乞丐模样的当地人一瘸一拐地靠近，很热情地帮我们打反光板。素满多拿出一些钱给他，原本以为他会离开，他反而更加兴奋，用不流利的英语说要带我们去山上，那里拍照特别美。坦白地讲，我向来对这样的建议充满质疑，也瞬间提高了警惕。素满多问我：“你记得昨天 Upali 的话吗？我们

努沃勒埃利耶的茶场

可以去看看。”当地人在前面很艰难地爬山，不时回头招呼我们快点儿，说大好的美景在等着我们呢。爬上去之后，我们的确被眼前的景色震撼到了。在我们的连连夸赞之下，他有种难得的满足感，或许因为被信任，或许因为帮助了我们。

落日余晖、海风习习，一切都刚刚好。

后来，我们再也没有带着婚纱去旅行了，或许不想重复过去，或许想让这次旅行变成独一无二的存在，总之，我们把这件婚纱压在了箱底。当我们从斯里兰卡回到北京后不久，那座脱离纸醉金迷又璀璨的千年古城，那些落后贫穷里隐藏着的骄傲和谦卑，那些游荡在印度洋上微不足道的自在满足，一次次地被我从记忆的盒子里翻出，然后再小心安放。斯里兰卡人的内核像沉积了不知多少岁月的琥珀，层次分明，厚重坚实。而斯里兰卡这个国度用一种润物细

航行 6 个小时去观鲸

无声的亲切慢慢笼罩你，从抵达到离开，即使你坐过和海岸线平行的小火车，在霍顿平原穿越了泛着迷雾的森林，也会觉得这是一个毫不陌生却依旧透着神秘感的国度。

后记：

回国后不久，我们俩就领了结婚证，日子选在了 3 月 14 日。

这并非因为那天是白色情人节，而是因为 π=3.141592653……

这象征着我们对婚姻以及人生的美好盼望：无限不循环。

山顶落日余晖下的婚纱照

CHAPTER 03 希腊：

最好的时光

作者：拓来福

如果你来到伊亚，
却没有目睹一场完美的日落，
那你的圣岛之旅是不完整的！

能够看一场爱琴海上的日落，才是完整的

每个来到圣托里尼的人都是雅尼

2014年3月14日，我们领完结婚证，没办婚礼，买了机票就飞到了希腊。

素满多爱希腊是因为雅尼，那是他的神。雅尼出生在希腊的一个海边小镇，叫卡拉马塔。他在2013年的北京音乐会的开场曲就是*Santorini*（圣托里尼）。当时我和素满多坐在第五排，看雅尼在多台电子琴前十指律动，如行云流水般弹奏。素满多激动到一言不发，正襟危坐地陶醉其中。而我向往圣托里尼岛的原因相较素满多的简直太肤浅，纯粹是因为一部电影，叫《牛仔裤的夏天》。那是莉娜遇到爱情的地方，是青春期女生对浪漫的向往。

当我俩当真踏上圣岛的那一刻，一切都恍如梦境。凌晨五点钟，圣岛还在熟睡。睡眼惺忪的我们彼此对视了下，哈欠连天，眼泪就要掉下来，然后又无力地笑了。去租车公司顺利拿到钥匙，只是卖电话卡的小店还没开门，没有导航，我们决定在岛上随便开。在巨大的蓝色背景下，成群的地中海式白色屋舍盖在拔地而起的悬崖边，静静地守护着爱琴海，古希腊世界里那种最高贵的单色调骤然在眼底呈现。只有自己熟悉的梦境，突然就解了锁。

“怎么样？”我问素满多。他伸了伸懒腰，吐出几个字：“不想走了。”我们不约而同地就地坐下来，背靠着山，面朝大海。爱琴海的蓝，蓝得很梦幻，清晨的阳光明媚而热烈，混在海风里迎面扑过来，不远处的海边有几只斑点狗趴在阳光下睡觉。我们就这样沉默着坐了将近半小时，好似忘却了凡世间残存的一切烦恼。

圣托里尼是由一群火山组成的岛环，历史上，这里曾经发生过多次火山爆发。公元前 1500 年的那次最为严重，岛屿中心大面积塌陷，原来圆形的岛屿变成了今天的月牙状。残留的裂痕形成了如今海拔 300 米高的悬崖，垂直立于海平面上。据说神秘的亚特兰蒂斯古陆的湮灭，就缘于岛上的一次火山爆发。圣岛是希腊哲学家柏拉图笔下的自由之地，这里原是地中海西部的一个美丽富饶的理想国，遍地黄金，君王英明，百姓安居乐业，但因为一次突如其来的自然灾害，整座城市便从此消失。这也为圣岛增加了些许神秘色彩。从 13 世纪开始，圣岛的居民们就用乳白色的岩石修建自家住宅的外墙，住宅的屋顶大多涂上蓝色，和蔚蓝的爱琴海交相辉映。而如今悬崖边的洞穴已经是价格昂贵的别墅酒店。我们在伊亚预订的法纳里别墅酒店，就是依悬崖而建的洞穴房间。我迫不及待地想要见到它。

直到早上九点钟，费拉小镇终于苏醒了，开着摩托车载着金发女郎的老外呼啸而过，蹲守在沃达丰门口准备买电话卡的我们把前来开门的老板吓了一跳。有了电话卡，我们终于可以使用导航前往酒店了。伊亚小镇在圣托里尼的最西端，我们沿着海岸线一路向西去，刚把车停在山脚下，就有人凑上来问是否需要搬运行李。我点了点头，这位穿着白衬衫的男孩子扛起29英寸的行李箱就往山上走，在悬崖峭壁的白色盘山小道上艰难前行。我和素满多提着其他行李，紧紧跟在他身后，路过一只慵懒的小猫咪趴在窗户边连眼皮都不抬一下。到了酒店门口，我把所有零钱都给了搬行李的小伙子，他擦了下汗，开心地跑向山脚下，迎接下一位客人去了。

酒店老板很热情，说："恭喜你们来到伊亚小镇观看日落位置最棒的酒店。我们的房间就在悬崖边上，房间右上方是标志性的白色风车，门口摆着一张小桌子，是我们的私人领地。"

如果你来到伊亚却没有目睹一场完美的日落，那你的圣岛之旅是不完整的。

傍晚五点多，离日落还有不到一小时，好像只是刹那，圣岛上所有人都出现了，风车下、街道上、城堡顶上，到处人潮涌动。碉

爱琴海上的日落

堡位于悬崖边，这里已经聚集了来自世界各地的游客，原本礼貌的人们变得毫不相让，如果已经占据好位置，绝对不会轻易走开。我和素满多拿着三脚架，一鼓作气地从酒店房间爬上了碉堡最高处的一块大石头，整个伊亚瞬间尽收眼底。远处的余晖铺满整个海面，天空也被染得通红。我举起手，红色的光透过指缝溜进眼眸，落进心里，暖了整个心房。一艘帆船慢慢地驶向远方，在海天一线处停下来，刚好在那一瞬，太阳收起最后一丝光线，沉入海底，消失不见。碉堡上的所有人不约而同地站起来，有的年轻人开始忘情地拥吻，掌声和欢呼声经久不息，没有一个人肯先行离去。

我们肩并肩坐着，好像整颗心脏也跟着夕阳沉入了海底。

万籁俱寂。

接下来的每天傍晚，我俩都会坐在房间外的餐桌边，拿一杯香槟，感受落日后的沉寂，一两艘游轮在爱琴海上慢慢驶过，像一道光。酒店的服务员是个胖大叔，当他送走最后一拨就餐客人后，就站在离我们不远的地方，安静地注视着远方。素满多轻轻走上去伸出手打招呼，大叔转身，握住了素满多的手。

“您是圣托里尼人吗？”素满多轻声细语地问。

“不是的，我来到圣岛就在这家酒店当侍应生，已经10年了。”大叔停顿了下，才接着道，“能每天都在这里看日落，很幸福。”

素满多很认真地问：“您知道雅尼吗？他是希腊人，也是个音乐家，我是因为他才来到圣岛的。”

大叔害羞地笑了下：“我不知道雅尼是谁，但是来到这里的每个人，对我来说都是雅尼。”

在圣岛居住的人们每一日都在经历夕阳西下，可是他们依然觉得这样的场景壮观美丽，如同朝圣一般期待并为之骄傲。离开的那天，我们和胖大叔道别，他笑着说：“再见，雅尼。”

白天的圣岛，酒店别墅旁的风车

傍晚的圣岛，绝美一刻

帕罗斯的清晨，是摇篮里的鸡蛋

从圣岛乘船仅需几小时就可以到另一座不食人间烟火的小岛——帕罗斯。它是基克拉泽斯群岛第四大岛，位于爱琴海的中心，希腊诗人乔治·塞菲里斯说："帕罗斯是全基克拉泽斯群岛最漂亮的地方。"这里盛产大理石，19 世纪初，米洛斯岛的一位农民无意间挖掘出一座维纳斯雕像，它就是用帕罗斯的大理石制作而成，我们在巴黎的卢浮宫里看到了它。

下船后，有租车公司的人在招揽生意，我们跟着其中一位女士去她的店里。可能是许久未开张，她兴奋地不停讲话，说要为我们准备一辆全新的车。不一会儿，车就被开了过来，全新到连油都还没加，价格比圣岛的便宜了将近一半。帕罗斯岛的旅游业尚未被开发，岛很小，我们花了不到 40 分钟，从岛的最南端阿利基一口气开车到了最北端的纳乌萨。我们的公寓就在纳乌萨，这里是个小渔村，位于帕罗斯岛的北岸，和不远处的米克诺斯岛遥遥相望。

如果说喧嚣和沸腾是圣岛特有的，那么恬静和安宁则是帕罗斯岛的内在神韵了。帕罗斯岛上同样是蓝白相间的小屋，只是一大簇一大簇的紫罗兰花从墙上垂下来，将整个小村子装点得像是童话世界。在罗马神话里，主管爱和美的女神维纳斯因情人远行，在依依惜别时流下伤心的泪水，晶莹剔透的泪珠融入泥土，第二年春天竟然发芽生枝，开出美丽的花朵。这就是紫罗兰的传说。

温润如玉的帕罗斯像一个梦境。早上睡到自然醒，从窗户缝隙里溜进了海风的味道，咸咸的，伴着紫罗兰的花香，慵懒如我，舍不得惊扰这一切。此时，素满多从公寓的厨房里探出半个脑袋："啊，对不起，我忘记做你的早餐了。"

"没事啊，我吃点儿水果就好。你多吃点儿。"我抬了下眼皮，从嘴里吐出几个字眼。他蹦到了我跟前，欢乐地说："恭喜你，通过了我的测试，现在你可以享用早餐了！"我笑着送了一个大白眼给素素，心想，他简直是个幼稚鬼。桌子上摆了两个盘子，每个盘子里有吐司和鸡蛋，吐司把鸡蛋包裹住，金黄酥脆得很，只是似曾相识。

素满多说："这叫摇篮里的鸡蛋，是《V 字仇杀队》里 V 先生给娜塔莉·波特曼做的早餐。你还记得吗？"我深吸一口气，海风里夹着鱼腥味，还有淡淡的紫罗兰花香。在帕罗斯的第一个清晨，有爱，也有光。

帕罗斯没有传统意义上的景区，我们决定开车去莱福克斯小镇。

这是一座内陆小村落，四面环山，镇子很小，历史却很悠久。村里的一座典型的蓝白建筑还是17世纪时所建，当时这里是帕罗斯岛的首府，现在依然保留着最原始的生活面貌。我们开车从纳乌萨出发，谷歌地图上显示全程只需17分钟。可是当我们要进村子时，一辆大卡车挡住了唯一的路，车上并没有司机，我们决定绕到山上去，地图显示不过多花5分钟罢了。当车开到山顶时，导航突然显示多了一条小路，素满多向左打方向盘，打算抄近道，可是刚左转过去，就看到一个超长又陡峭的斜坡直通悬崖下。

“停！”我惊叫了一声。与此同时，素满多踩了刹车。之后是半分钟的沉默，我不敢看他，瞬间屏住了呼吸，用手紧紧抓住了右侧门上的拉手。片刻后，素满多深吸了一口气，轻声说：“别怕。”

我压住心底的惊慌失措，看着眼前的悬崖，努力挤出几个字来：“没事，咱们倒回去。”素满多换倒挡，突然加速，在临近墙面时瞬间将车尾部转至公路上，接下来换前进挡，掉转车头，行云流水般一气呵成。松下这口气后，我扭头看了看悬崖：“天哪，我们刚才太惊险了。该死的导航。”

素满多问我：“你刚才想什么呢？害怕不？”

“怕，这可是新车，摔下去要赔多少钱啊？！”我刚说完，素满多就笑了。

“不过，你怕了吗，就刚刚？”我问他。

“还行，我可是有十年驾龄的老司机。”素满多得意起来。

“真臭屁！”

莱福克斯小镇的午后时分

午后的莱福克斯小镇几乎看不到人，我们走在迷宫般曲折的石板路上，目之所及都是纯白的墙，搭配蓝色或者浅冰激凌色的窗户和木栅栏，像是踏入了爱丽丝闯入过的仙境，这里只有阳光、花香和鸟鸣。我们正饿着肚子寻找餐厅，抬头就看到楼上有家自制甜品店，不禁一阵欣喜。我们从楼梯拾级而上，看到墙上贴着一行小字："我们的食谱是秘制的，但是味道是远近闻名的。"这家店的主人是一位老奶奶，围着碎花围裙，戴着卷花边的小帽子，让我们坐好之后，轻声细语地说："我们没有食谱，今天只有两款糕点，你们要不要一人一份呢？"

"好啊，没问题。"

老奶奶欣慰地点头之后，就慢慢走进厨房，不慌不忙地开始制作甜品。这里看起来是老奶奶自己的家，没有服务生，没有显眼的大招牌，只有刚好抬头看见的人才能有缘走进来。半小时后，老奶奶端上来两份没有名字的甜品，那的确是独特的味道。

从此之后，我们再也没有吃过那么好吃的小蛋糕了。

小岛上我最偏爱的历史古迹是百门圣母教堂，建于公元326年，在希腊的蓝白建筑当中是非常特别的存在。它是非常传统的巴西利卡式风格，那是在古罗马帝国时期风靡一时的建筑形式，在希腊看到实在令人意外。我喜欢古老的建筑，虽然建筑是沉默的，但是它们就一直在这里，安静地等待时间一分一秒地过去。时代在变，走过的人在变，唯独不变的是这些建筑，好像在等你再次回来，等你抚摸它和拥抱它。

希腊在我们的记忆里是完美的。

这段迷人的时光似梦似幻，那么短暂，又那么漫长。

后记：

后来，即使走过更多的国家，看过更多的风景，每当有人问我俩最喜欢的是哪里，我们都会不约而同地回答："希腊。"

我们在帕罗斯海边

CHAPTER 04 肯尼亚:

¥100,000
=30 年

作者：素满多

有些时候，
责怪是最无力的挣扎，后悔是最窝囊的挽留。

马赛马拉大草原，落日下孤独的天堂树

有关“房事”、帐篷和保镖

那年，北京的房价高得出奇。你不用关心是哪一年，因为北京的房价一直高得出奇，有一种最贵的叫学区房。这样的房子虽然不能为购房者带来太大的实惠，却能让他们的下一代拥有所谓的优质教育资源。不过最终孩子能否出人头地，还是要看他们的造化，毕竟这不像传说中的龙脉：老一辈死了葬在这里，后辈子孙就注定能飞黄腾达。那年算是我人生转折的一年——我和拓来福打算买一套学区房。

那是 2016 年。

“买一套”说起来简单，可这三个字足以让我们偿还 30 年的贷款。这并不是炫富：我在北京南城有房子，但即便卖了这套房，也就刚好够支付一套北城二手学区房的首付。我在南城的童年足够快乐，也足够富足，但回想起来，不知道算不算迷信，总觉得南城的教育比不上北城。虽然我们还没有孩子，但终究要有的，所以真得买一套了。“房事”一点儿也不让人 happy（高兴）……

接下来的30年，我们的生活可能不会像现在一样任性了。于是，我和拓来福决定，在告别欢乐时光之前，勇敢地去一趟非洲。

我们从埃塞俄比亚转机，来到了肯尼亚的首都内罗毕。在出机场之前，行李又被检查了一次，一个胖乎乎的黑人让我们打开行李箱，肆意地翻腾着，表情倒是没那么严肃。我知道他想从我们身上搞点儿油水，不过行李箱里没有什么能让他得逞的物品。他遗憾地笑了笑，放行了。

来接我们的人叫老莫，地接向导。起初我猜测他是个中国人，因为在之前的交流中，老莫发来的语音都是中文，听声音感觉年纪不小，很有可能是我们找的包车公司的驻肯员工。但是老莫是个肯尼亚人，五十多岁的年纪，他1990年来北京语言大学学了几年汉语，之后又去上海学习化学，最后回到肯尼亚环境保护部建设祖国。他最值得炫耀的战绩就是从五道口蹬自行车去过长城。老莫是个不爱吃中餐的肯尼亚人，那也是我第一次知道真的有外国人不喜欢吃中餐。除了老莫，还有一名司机，不到三十岁，叫Johnson，长得很像威尔·史密斯，活力四射，肌肉很发达，一直都彬彬有礼。

我们包的车是一辆加长的丰田越野，车顶可以支起来，方便乘客站在车里观察野生动物，长度和“金杯”等同。在肯尼亚包车有两种选择，一是酷似“金杯”的大面包车，二是丰田大越野，后者贵了不少，但这次我们来非洲不就是豁出去了嘛，就选贵的！

老莫

Johnson

内罗毕并不是我去过最破旧的首都城市，但那些扒着车窗要钱，或是一遍遍重复着一句话只为兜售小商品的人，让我心情多少有些烦躁。这里最好的餐馆竟然是肯德基，因为只有在肯德基门口才会停着一些类似 BMW 的汽车，店里坐着一些端着笔记本电脑的年轻人，虽然没有网络，可他们依然能全神贯注地看着屏幕。这无疑是肯尼亚上流社会的生活，让我顿时回忆起了中学时第一次走进星巴克的感觉。人们进入内罗毕的商场前需要通过安检，有些酒店或是写字楼也会设置保安检查出入车辆，因为肯尼亚曾在几年前遭受过索马里的恐怖袭击。

我们当然不是来看城市的，而是要看成群结队的斑马、大象从我们车前缓缓走过，或是一只雄狮在远处的山坡上遥望着一群母狮撕咬我们的轮胎。我们来到了真正的东非大草原！我曾经在一本杂志上看到过这样一个科学结论：人类对臭味的忍受力取决于基因，但有一种味道是任何人都无法忍受的，那就是腐尸的味道。当我们从一具角马尸体旁驶过的时候，这一点被印证了，秃鹰被惊飞时翅膀挥起的风，将一大群苍蝇卷进车里……

秃鹰、鬣狗，祝你们下辈子好运……

马赛马拉大草原上没有路标，也没有车辙，青草似乎在这种肥料充沛的地方生长得异常迅速，Johnson 的车里除了一部无线电对讲机，没有任何其他能获取路线消息的设备。当然，我的手机在这里也没有信号，但 Johnson 每次和对讲机另一端的人简单交流几句之后，总能将我们带到大型动物聚集的地方。大象、斑马或是羚羊这种极为普遍的动物，基本上满足不了大多数游客，所以老莫似乎练就了一双极为敏锐的眼睛，每次他突然要求停车的时候，总能发现一些至少凭借我的肉眼观察不到的东西。

“那里有两只狮子。”老莫指着远处，我只看到那里有一片模模糊糊的干草。老莫举起随身携带的望远镜又证实了一下：“在干功。”

“干功？什么玩意儿？”

老莫递给我望远镜，因为望远镜倍数太高，我晃了好一阵才锁定目标，的确有两只狮子，一公一母，公的在上，母的在下……又是房事！我们不怪老莫，那个年代，他的确学不到什么太“羞羞”的中文。

当我们开着车闯入狮群的时候，我并不紧张，因为野生动物通常不会攻击车辆，但会攻击从车上走下的人类。狮子通常在白天很少活动，我们在黄昏时接近它们也是比较好的选择。Johnson 把车停到了距离一对狮子不到 10 米的地方后熄火，可能是不愿让发动机的噪声打搅它们的安宁。雄狮毫无防备，当然，也不需要防备，母狮却走过来，靠着后轮趴了下来。Johnson 把反光镜掰到合适的角度观察着这只懒散的母狮，没过几秒，他突然把反光镜托起，手也迅速缩回了车里。后来我问他才知道，当时他突然发现那只母狮正通过反光镜恶狠狠地看着他……

我们这辆车电瓶不好使，熄火之后很难再打着，我和老莫已经推过两次车，不过第一次推车的时候，路上正缓慢地爬过一只乌龟，第二次则是两只狒狒，这次……

天快黑了，我之前好像提到了野生动物通常不会攻击汽车，需要注意的是，这指的是白天。Johnson 对着对讲机说着什么，虽然对方有了几次回应，但我听得出来，回应的并不是同一个人。我猜这个时间也许大家都在往住地赶，茫茫大草原上，除非有比我们更热爱拖延的人。

谢天谢地，这里还真有这样的人。

后方行驶过来一辆“金杯”，Johnson 依然用我听不懂的语言和对讲机里的人交流着，“金杯”缓缓开过来，顶着我们的车开了几米，颠了几下之后，车终于打着火了……

我们依然一路说笑，因为我和拓来福觉得这个梗真的够我们用半辈子了。

她问老莫：“假如刚才那辆车没来，我们是不是就完了？”

老莫说：“不会的，其他司机送完客人，一定会来救我们的！”

10 月并不是肯尼亚旅游的旺季，毫不夸张地说，我和拓来福住的这家帐篷酒店只有我们两个客人，说是酒店，其实就是草原上用

一只狮子的死亡凝视

这才是真正的肯尼亚

篱笆圈出来的一大片区域。整个区域只有 8 顶帐篷，但绝不是那种简陋的、用几根钢丝吊起来的。帐篷很大，主体承重部分有一层坚固的木头框架，框架分为内外两层，外层是很厚的帆布，里层是坚固的尼龙纱网，炎热的季节游客可以把帆布拉锁拉开，享受东非大草原的夜风。吃过晚饭，酒店老板过来闲聊，顺带多卖给我们一听 3 美元的可乐。临走时，他指着身边一位穿着马赛马拉传统服饰、手拿长矛的黑人小伙说："他是你们今晚的保镖。"

我记得很清楚，当晚 11:30，我和拓来福被一种奇怪的声音惊醒，那种声音就像是一部柴油发动机启动后，把音调又拉低了八度，这种持续的低频噪声让我们心跳加快、烦躁不安。这声音持续了半个多小时才停止，我们又继续睡了。第二天早上，拓来福拉开了帆布门的拉锁，惊奇地发现门口坐着昨天那个穿着马赛马拉传统服饰的黑人小伙。

小伙先开口了："早上好啊女士，晚上过得怎么样？"

"还不错，只不过有一些奇怪的声音。"

"哦，那是因为昨晚有野兽来了，那个声音是为了驱赶它们。"

"天哪！你是来保护我们的吗？"

"是的，我在这里坐了一宿。"

马赛马拉大草原上的帐篷酒店

在大象的眼中，
可能敞篷越野车和一棵树别无二致

第一次拥有了保镖

被盗刷的两平方米

肯尼亚之行过去一半了，买房的事我和拓来福一直都没讨论过，因为事未临头，总体会不到身负巨债的感觉。

我们在肯尼亚住的酒店很多是在草原上修建的，有用铁丝网圈起来的安全区域。我们在乞力马扎罗山脚下的酒店安全区域里，看着东非大草原的夜空，烤着火，焦虑的情绪早已不见踪影。这样的酒店通常并不便宜，有时候会很奢华。老莫曾经给我们讲过一个他亲身经历的事情。有一位他接待的游客在吃过早餐之后，老莫和司机送他去机场，但在路上，这位游客发现原本钱包里的一沓 100 美元现钞，每一张都变成了 1 美元的。因为要赶飞机，再报警已经来不及了，这位游客只能自认倒霉。老莫回到酒店后调取监控录像，推断很有可能是最后一天早上，在这位游客吃早餐的时候，酒店服务员进入了他的房间将美元调包，而这位服务员在当天就主动辞职了。

所以不论什么时候，我们的护照和钱包都要随身携带。不过，意想不到的事情还是发生了。

穿过乌云，遇见阳光

夜空下，我的手机凭借微弱的信号收到了6条短信。这6条信息都是我那张全币种信用卡的消费提醒，6次金额不同，都是肯尼亚当地的货币消费。我用汇率App和计算器粗略地算了一下，一共10万元人民币！这些消费显然不是我和拓来福操作的，因为该花的钱我们在国内几乎已经支付了，只有部分需要抵达酒店后支付。以防万一，我在临行前将卡的临时额度调整到了12万元，这是我的失误……我必须淡定。虽然我们如果成为房奴后，10万元钱对我来说也不算多，但这是10万元啊！我们能买到两平方米的房子！

我在信用卡App上锁定了消费地点是在内罗毕，是一家当地的旅游公司，而我身处几百公里以外荒无人烟的桑布鲁。我急忙就着微弱的信号打通了银行客服电话，客服的答复是：银行将立即冻结我的信用卡，并需要我尽快到附近的POS机或是ATM机进行一次刷卡操作，证明这张卡在我身上而不是丢了。此刻，在夜空下的东

信用卡被盗刷后，我们决定继续前行

非大草原上，眼前只有无尽的黑暗……我们只能等待天亮后拉着老莫和 Johnson 一起想办法。

那一夜虽然睡了，但我一直在做梦，各种和 10 万元有关的梦。

一早，老莫知道这件事之后建议我们马上报警，去最近的警局要开两个小时的车，顺路还要找个 ATM 机刷一下卡。出发前，我举着景区的门票，用手机带定位的拍照功能在酒店前拍了几张照片。小学写作文的要素成了我取证的依据：时间、地点和人物。

肯尼亚警局的门卫看上去很瘦弱，但每人胸前都斜挎着一把 AK-47。做了详细的登记后，我们进入了警局大楼。接手这起案件的是两名警员，我从他们的脸上看不出什么威严。他们总是露着微笑，从始至终询问着一些不必要的细节，并用笔在一沓 A4 纸上记录着。

第一次调查就这样结束了。

第二天，老莫告诉我们需要再去一趟警局。

还是昨天的那两个人，和第一天不同，这次的办公室里出现了电脑，是那种方方正正的显像管显示器，但一直处于关机状态。流程和前一天差不多，只是今天的记录没那么随意，两人在一张画着表格的纸上重新记录了一遍。

第二次调查结束了。

我们又回到了大草原上，没办法，钱已经花了，含着泪也要耍完。老莫指着远处的长颈鹿，我只是摇了摇头，坐在副驾驶座上的他也识趣地不再打扰我们，我和拓来福坐在后排座位上发呆。汽车行驶在一片刚下过雨的区域，地面很泥泞，Johnson 不停地甩尾、漂移，一时间几吨重的越野车横向位移。Johnson 本想换来我们几声愉悦的欢呼，可是车里除了发动机的声音，再无其他，这可能是他职业生涯里最尴尬的一次表演。

我问拓来福："你后悔来非洲吗？"

"后悔来非洲，但不后悔和你一起来。"我觉得拓来福像是在安慰我。我们相互撇了撇嘴，做了个鬼脸，彼此强颜欢笑着。远处的天空有一大片雨云，那里的雨一定不小，我们头顶却是艳阳高照。可没多久，Johnson 就把车开到了那片云彩底下，我总觉得那可能是我在非洲这几天经历的最大的一场暴雨。我们穿过雨云之后立刻迎来了艳阳高照，车窗上的泥巴全被冲掉了，光亮如新，反光镜里则是黑灰色的世界。

那是我第一次释怀。

又过了一天，老莫说警局的局长想要见见我们。

那是我第一次在肯尼亚的警局里见到穿警服的人。局长是个老人家，看上去很威严，有独立的一整间办公室，桌子上摆着一台Acer的笔记本电脑，同样没有开机。他接见我们只是要告诉我们：由于盗刷数额巨大，警方对此很重视，将会从内罗毕派一名网络警察过来协助调查……

国内因为是国庆节假期，银行只能等节后才会有专人负责和我们对接，我们联系了不少律师朋友或是在银行工作的朋友，得到的结论总结起来就是：收集证据，证明这些消费金额的确是被盗刷的，然后做好打官司的准备。原本简单的生活突然变得复杂了，我要赚钱还贷，还要打官司。

我突然很想家。

不知什么时候起，我总会莫名地涌出一些悲伤的情绪。就比如小时候的第一辆四驱车是奶奶给我买的，直到长大以后，自己真的买了一辆能开的四驱车，她却一次都没坐过；还有那套悬挂心头的学区房，虽然我还不知道它在哪儿，但想想当我还清所有贷款的那天，在我身边的还有几人？

是啊，奶奶其实已经不在了。

那片雨云好像又回到了我的头顶。

第四次来警局之前，我们去了一趟租车公司在当地的办事处开了一张证明，证明我们并未前往过刷卡的地址。我们到了警局后，老莫只是和警卫简单交代了几句，我们就被放行了，免去了烦琐的登记。刚见到这位从内罗毕派来的网络警察时，我确实安心了不少。和之前我们见到的警察相比，他人高马大，虽然也是嬉皮笑脸的，但腰间挂着手枪，最重要的是——他终于用电脑了。他先是将我们的证据打印出来，其中包括租车公司提供的证明，我在马赛马拉景区的门票，还有信用卡 App 上的一些截图，为了解决打印机卡纸和我的手机图片传输的问题，耽误了不少时间。接下来他便开始了和之前一样的询问，两个中指在键盘上敲击，他对 office 软件似乎不太熟悉，耽误了更长的时间。我逐渐变得很不耐烦，对老莫翻译时的断断续续也极不满意，干脆直接用英语和警察交流。

“你应该现在就去那家内罗毕的旅游公司，我给你地址，去了之后让他们撤销这笔消费！”这个计划我曾和拓来福商量过，我们打算提前返回内罗毕，然后跑到这家公司的办公地址去一探究竟。但拓来福打消了我的这个念头，理由是：对方有枪怎么办？

偷拍到的肯尼亚“网络警察”

男人冲动的时候听女人的准没错。

但见到今天这位警察，我觉得这个计划可行，我们一起去，多叫一些警察，包围他们！

这位警察依旧从容不迫，将写好的文档打印、装订，并小声和老莫用肯尼亚语嘀咕了几句。老莫突然很是抱歉，唯唯诺诺地对我翻译道：“他想要点儿酬劳。”

“多少？”

“200 美元。”

“你告诉他，我先给 100 美元，把钱追回来我再给 100 美元！”

身旁传来一声拍桌子的声音。我的身体被拉了起来，拓来福哭着对我说：“走吧，这钱不指着他们了！”我一路被拉到了警局门口，老莫和警察也跟着出来了，警察笑了，好像在说“哎呀！咋这么爱急呢，不给就不给呗，我还省得给你们办了呢”。

拓来福再也忍不住哭了出来，把那个憋在我们心里、F 开头的英文单词送给了那个警员和肯尼亚。

上车后，拓来福擦擦眼泪，轻声对我说：“别担心，我只是不想付钱。你看他们这效率，即使付了钱，也是打水漂儿。”

“对不起，都是我不好……”我懊恼至极，脑子也很混沌，千万种假设在一瞬间爆发，但也只能浓缩成这一句。

“没事儿，再挣呗……”拓来福低头淡淡地吐出几个字。

回国的前一天，我们返回了内罗毕。我和拓来福太疲惫了，来到了酒店的酒吧面对面坐下来。

前一刻，我们还在联系国内的律师朋友，得到的反馈是：这场官司我们胜诉的概率将在 80% 以上，最终的结果可能是银行不需要我们偿还这 10 万元人民币，但需要我们垫付，直到银行追回这笔钱。换句话说就是：这 10 万元人民币终究是没了。酒吧里突然放起了 Andrea Bocelli 的 *Con Te Partiro*（《告别时刻》），拓来福握住了我在摆弄刀叉的手问道："你后悔这次来非洲吗？"

"一点儿都不后悔……"我很认真，不知道为什么突然再一次释怀了，"但是，我们还买房吗？"

"别买了吧，突然觉得 10 万元钱好多呀。"

我们在考虑近乎千万元的房价时，都没觉得10万元钱如此值钱，此时却觉得近乎千万块钱的房子变得毫无价值。我在想被禁锢的 30 年又能用多少钱来换呢？

"我们回国后找律师打官司吧，10 万元钱没了可以再赚，30 年没了可就赚不回来了。"听完这句话，拓来福笑了，我们真正释怀了，当然，我们也真的不会后悔。

有些时候，责怪是最无力的挣扎，后悔是最窝囊的挽留，这并非为我自己开脱。

在老莫送我们去机场的路上，我向老莫道了歉，因为他一直试图让我们开心起来，也一直极力帮助我们。他不想让我们对他的国家这么失望，并且表示会一直跟进这件事。

后记：

我们回国后，因为证据充足，银行抹掉了这 6 笔消费。

租车公司从大使馆获悉：这是一群有组织、有预谋的海外犯罪分子在肯尼亚作乱，在我们回去之后，又有一位游客被盗刷了大约 30 万元人民币，但因证据不足，未能追回。

18 个月后，老莫发来一条消息，需要我们提供一下当时的消费记录，警方要进行下一步的调查了……

CHAPTER 05 肯尼亚:

我把警察给骂了

作者：拓来福

人生
是一部没有预告片的悲喜剧。
而旅行教会了我们：
如何彼此体谅和鼓励，
如何处理危机，
如何面对困难，又如何继续前行。

乞力马扎罗山脚下的大象

乞力马扎罗山的雪

在肯尼亚的第一夜，我们选择在内罗毕歇脚，进入度假酒店大门的时候，我被两边扛着机关枪的安保人员惊到了，这么刺激的欢迎方式总归让人难以消受。后来看多了，我会觉得扛着枪的肯尼亚小伙子也有几分可爱。我和素满多收拾好后，离开房间去吃晚饭。由于是淡季，晚餐时仅有四五桌客人，酒店依然安排了华丽的土著舞表演。男人们拿着盾牌和长矛去捕猎，无所畏惧，一往无前；女人们身着夜光华服跳跃，期盼着男人的归来，每一寸肌肤都透着野性。演出结束，一支乐队悄无声息地走上台，开始演奏爵士乐。旁边餐桌的几位游客兴致上来，脱了鞋径直走上台，开始踩着节拍摇摆，我和素满多怔怔地注视许久，这葡萄美酒夜光杯的慢时光和我想象中的非洲有点儿不一样。

第二天一早我们就出发前往安博塞利国家公园，全程 216 公里，原本三个半小时的路程，足足花了五个小时。大多是土路，车开过去，

Safari（观赏野兽旅行）的开始

扬起一片飞尘，它们从越野车的各个缝隙里钻进来，让我们真正体会了什么叫作风尘仆仆。司机Johnson(约翰逊)像在驾驶一辆过山车，偶尔在剧烈颠簸后，会扭头对我们大声喊抱歉……我看向素满多，他的脸不断颤抖，我突然觉得这样的老公有点儿可爱。

安博塞利的度假村在乞力马扎罗山脚下，仅用铁丝网把动物世界隔绝在外。我躺在门外的摇椅上看斑马在山下走，大象带着小象散步，偶尔几只泼猴会跳过铁丝网跑来寻食物……只是乞力马扎罗方形的山巅并不曾显现，它耀眼的光辉被云雾遮盖。

这就是非洲了，广袤而宁静，苍凉而壮阔。我想起了海明威的《乞力马扎罗的雪》，主人公哈里在弥留之际幻想被抬上飞机，他看到了“像整个世界那样宽广无垠，在阳光中显得那么高耸、宏大，

乞力马扎罗山的日出

而且白得令人难以置信，那是乞力马扎罗方形的山巅”。这是我童年记忆里关于死亡的想象。

此时的素满多正在房间里睡觉，一路的颠簸让人疲惫。而我知道，他在努力让自己对万事万物产生兴趣的同时，也无法抵抗内心深处的无力感。在来非洲前，素满多经历了人生中的第一次生死离别。那是个满天繁星的夜晚，把素满多从小养大的奶奶走了。

知道奶奶走的那一刻，素满多腿软了下，差点儿跌倒，我扶住他，眼泪止不住地流。我清晰地记得他并没有掉下一滴泪，后来才懂，那是一种更加深入骨髓的悲痛。也是从那天开始，所有人都不敢在他面前提起“奶奶”这两个字。在素满多的人生里，他还没有学会如何告别。

奶奶走之后，开朗乐观的素满多不见了，他变得郁郁寡欢、沉默消极，偶尔会怔怔地对我说："奶奶现在过得不好，我知道。"而我不知道该做什么。曾经素满多一直想去非洲，奶奶病了之后，计划就搁浅了。

于是，我说："那我们去非洲吧。"

我们来到非洲，像海明威一样，在生和死的辩证里寻找希望。我甚至带着一种期望，在更广袤的世界里，为素满多寻求哪怕一丝一毫发自内心的安定。

在安博塞利的日子，我们始终没有等到云朵散去，每每一早就赶着日出静候着，但是即使太阳出来，成片成片的云依旧固执地把山顶牢牢环抱，好像护着稀世珍宝般不肯离去。走的那天，素满多有些不甘心。我宽慰他："或许等车开到另一边，突然间就能看到山顶上的雪了啊。"

于是我们启程，车开着开着，忽然听到老莫大喊："看啊，雪！"

乞力马扎罗方形的山巅在阳光下变得耀眼、静穆、崇高。

我望向素满多，他的嘴角露出一抹淡淡的、欣慰的笑意。

我们进了 CID（刑侦科）

人生是一部没有预告片的悲喜剧，你永远不知道下一秒要经历的是什么，进度条只会一点点地前进，容不得任何快进。尤其是在非洲。天空前一秒还是阳光灿烂，下一秒就是狂风暴雨，让你来不及有任何防备，但只要你毫不犹豫地让越野车在大草原上不停地向前行驶，就能一直开到彩虹里去，把暴风雨留在身后。大自然具有神奇的力量，总能从变化莫测的天气里为我们提供无穷的能量，像是火苗，嗖的一下燃烧整个躯体。

我们就这样在暴风雨里，从安博塞利一往无前地开到了纳瓦沙湖。当我站在纳瓦沙湖边的时候，我知道自己爱它。纳瓦沙湖是碳酸钙湖，也是全肯尼亚唯一的淡水湖。它坐落在东非大裂谷内，是由断层陷落而成，整个湖面海拔 1900 米，是裂谷内海拔最高的湖，大片树林在湖水中久泡而死。我突然从心底莫名地涌起一种感动，那是弥留之际的树木倔强又无声的抵抗。湖水一点点高涨，树木逐渐消逝，如今毫无生气的湖中，依然固执地矗立着一棵棵枯藤老树，

打哈欠的河马

被飞鸟占领的纳瓦沙湖

就此形成了另一种景致，变得独一无二。

失去的终将会以另一种方式得到救赎。

老莫陪着我们乘船在枯树林里穿梭，和不同的生物相遇，像垃圾鸟、翠鸟、鸬鹚、河马，还有各种我们叫不上名字的生物。素满多像是孩子终于进了游乐场，甚是欢喜，拿着相机拍个不停。我刚一抬头，不远处的河马悄悄张大嘴打个哈欠，然后心满意足地沉下去，继续睡觉去了。

船开到一半路程，乌云瞬间铺天盖地而来，暴雨倾盆而下，老莫说纳瓦沙是马赛语，意思是“粗水”，因为这里随时会有突如其来的暴风雨。

果不其然。

小木舟开到一艘带顶棚的老船旁，我们赶紧登船避雨，等了半

暴雨倾盆，鸟自岿然不动

暴雨下的我们

小时，浑身湿透的我们瑟瑟发抖。雨一直下，没有停的趋势，一阵狂风袭来，我们的小木舟没来得及被绑，就慢慢漂走了。老莫当机立断，丢下船夫，带着我们往岛上跑去。雨水击打到脸颊上连眼睛都睁不开，我并不知道要跑向哪里，只是盲目地跟着老莫和素满多狂奔，直到我再也跑不动，冲前方大喊："等等我，慢一点儿！"

可是我的叫喊声好像刚刚发出，就被狂风暴雨稀释了去。我再也跑不动了，停下来不停喘气。素满多像是有了心灵感应，突然返回来，二话不说拉起我的手就跑。这一瞬间，我感觉好像飞了起来，朦胧中看到不远处站着一群安静的麋鹿，它们似乎对暴雨早已习以为常，不躲不闪。

这该死的、无可救药的浪漫。

肯尼亚国家公园里的度假村通常价格昂贵，据说食物和水需要人开车几小时从外面拉进来，工人在修建度假村时也要防止被狮子、大象袭击。当然，度假村的网络也是断断续续的，要随缘。桑布鲁国家公园的度假村甚至没有围墙，我们居住的那间茅草顶的独立小屋，光明正大地暴露在旷野中。每天有一个拿着枪、全副武装的小伙子在房间附近守护，我们只要开门，他就如幽灵般准时出现，默默陪伴我们走向酒店大堂。

桑布鲁国家公园是精致的，这里有山丘、灌木、河流，也有平原，所以孕育了多种多样的动物，甚至有些物种是全非洲独一无二的。Grevy's Zebra，你可以叫它们葛式细纹斑马，一直盯着它们密密麻麻的细纹看甚至会头晕；还有东非剑羚，从眼睛延伸到嘴角的黑色条纹让它们看上去像戴了面具般优雅。桑布鲁国家公园里散布着很多金合欢树，树冠上搭建着金色的鸟窝，清晨的阳光洒在它们身上，美得一塌糊涂……

Safari 结束后我们回到酒店，已经是晚上 7 点钟了。在持枪守卫的保护和篝火的照耀下，我们迅速结束了晚餐。守卫是个开朗的小伙子，对我和素满多充满了好奇，在护送我们回小屋的时候，很认真地说："我可以知道你们的名字吗？我想我们已经是朋友了。"

"我叫素素，她叫拓拓。"素满多一字一顿地回应，生怕他没有听懂。

他停下来，慢慢地重复着"素素，素素，拓拓，拓拓"，突然就笑了："拓拓，在我的母语里，像个婴儿的名字！你是个婴儿。"

于是我们都笑了。

合二为一的斑马和鸟

桑布鲁的度假屋

抬起头看到漫天的繁星，我情不自禁地感慨：“太美了！”

素满多立刻来了拍摄兴趣，问守卫：“我们可以拍星空吗？”

“当然可以，为什么不呢？”守卫瞬间被点燃激情般应和着。素满多瞬间跑回小屋拿三脚架，又要尝试拍星轨了。

然后守卫领着我和素满多绕过小屋，说那里的草地更适合拍照。

我担心地问：“难道没有野兽吗？狮子……之类的。嗯，因为我很胆小。”

守卫突然拍了拍自己的胸脯，骄傲地向我保证：“有我在啊，我守护你们。不用怕，因为你是婴儿，所以你胆子小，但是不用怕。”

“那你遇到过吗？”

“遇到过，在我还是个小男孩的时候，我遇到过大猩猩，它捶着胸脯向我示威。”

看到他夸张的样子，我乐了：“真的吗？然后呢？”

“我也捶着胸脯，向它示威，告诉它，我是个男人！”小守卫像猩猩一样手舞足蹈起来。

我配合他的演出，惊叫道：“好怕呀！”

守卫握紧枪支，像被赋予了某种使命，坚定地对我说：“不用怕！你的老公还有我，两个男人守护你。”说完，他再次挺起了胸脯，拍了拍猎枪。

素满多搂住我的肩膀，大家笑起来。我不记得素满多那次是否成功拍摄了星轨，但是我记得那天的夜空，星罗棋布钻石一般的星辰覆盖了整个夜幕，温柔得无声无息。

也是在那天夜晚，拍完星轨的我们回到黑漆漆的小屋里，刚刚打开手电筒坐下来回味，不知哪阵风带来一些信号，手机接连振动起来，收到 6 条信用卡消费提醒短信。我承认当时大脑空白了。我努力让自己镇定，素满多让我拿出手机，开始将被刷走的肯尼亚货币换算成人民币，10 万元人民币！他倒吸了一口凉气。

我握住素满多的手，轻声安慰着："没事、没事，我们好好收集证据，银行会承担的。即使钱没了，咱们还可以再挣……"

躺在床上，我们握紧彼此的手，突然沉默下来。没有任何光亮的夜格外沉寂，远方偶尔传来几声野兽的嘶吼，像是一把利剑划破天空，直击我的心脏，扑通一声，心脏就掉在了地上。

第二天一早，我们告诉老莫夜里发生的事，他好像已经对人民币失去了概念，并不紧张。后来我们将损失换算成美元告诉他金额后，他突然哇的一声叫出来，非常严肃地建议我们立刻去警局报警，而桑布鲁并没有警局，我们要开车两个小时前往纳库鲁警局才行。于是从那天开始，我们一共去了四次警局，甚至见到了当地警局局长，也是人生中第一次走进了 CID。

前几日，我翻到在肯尼亚时写的一段话，那些我早已淡忘的细节被我用文字记录了下来：

> 十月一日，我们第三次来到纳库鲁警局，见到号称要帮我们去内罗毕调查的警员。我们进到逼仄阴暗的办公室，桌

子上只有一台XP操作系统的电脑和一台老卡纸的打印机，然而，这里是我们的希望之地。

警员开始做笔录，这是第三次，每天一次笔录。

第三天，第三次，不同的警员，同样的笔录，一遍遍地重复。

从八点半开始，一直到我们离开，三个小时。

他仅仅做了笔录。

他打字很慢，我很想替他打。

终于做完笔录，这位一直保持微笑的警员开始检查拼写错误，比如把“spend”改为“spent”之类。

接下来，他开始打印，打印机很旧，总是卡纸。他每次抽取四五张，用完再放，还笑着和我开玩笑说它太老了。

而我已经开始丧失希望。

终于做完这一切，他跟老莫说需要我们给他一些钱，用来支付他去内罗毕的路费和酒店费用，200美元。

我看着这办公室、这样悠闲的警员，200美元，能得到什么结果？

素说“先给100美元，钱被追回再给100美元”。

我告诉老莫“我们去马赛马拉吧”，拉起素就走。

警局门口挂着肯尼亚国旗，而今天是我们国家的国庆节。

我突然很想念北京，想念自己的国家。

警员跟着老莫一起出来了。我突然冲动了，用英语向警员大喊：

“我们被盗了这么多钱，需要工作一整年才能存下这笔钱！你还来跟我们要钱！”

接着我开始胡言乱语地咒骂。

老莫很抱歉地解释说这不是必须给的。

素过来紧紧地抱住我，把我的头一把按进他的怀里。

我瞬间泪流满面。

百感交集的我们依然坚持走完了剩下的路，也收获了许多细微的、来自大自然的恩赐。

博戈里亚湖是东非大裂谷里众多咸水湖中的一个，湖水的碱性成分和湖中的蓝绿藻与矽藻使得这里成为火烈鸟的天堂，据说每年栖息于此湖的火烈鸟数以百万计。

曾经有一个传说：在楼兰古国有一种奇特的鸟。传说它们羽毛丰满后会一直往南飞，不停地飞，只为在南焰山让天火将自己的羽毛点燃，而后将火种带回楼兰古国，在天翼山化为灰烬。所以，楼兰的子民称它为火烈鸟。

火烈鸟是忠义的，也是忠贞的，它们一生仅有一个配偶。

我们站在博戈里亚湖畔，蓝色的湖面上像是有一团火在燃烧。火烈鸟们闲庭信步，交颈嬉戏，好似跳着永不停息的弗拉明戈舞。每当一只火烈鸟舒展双翅时，成群的火烈鸟瞬间同时翩然起舞，一湖桃花遂化作一片彩霞，直烧中天。

岸边蹲着的一位老人操作着硕大的机器，看起来极其专业，不远处的合欢树下，他的夫人正笑意盈盈地等待着。我拉了下素满多的衣角：“以后你老了，不管想去哪里、想拍什么，我也会这样陪你。”

最后的几天我们再次留给了马赛马拉大草原。我们当初入住的那家帐篷酒店，一位穿着马赛服的工作人员看到我们回来很是兴奋，他不停地围着我们转，喋喋不休地说要带我们去他的家看看，就是不远处的马赛部落。

老莫说要让Johnson开车带我们去，被马赛小伙儿一口拒绝："没关系，我们步行去，那是我的家，我带他们去，我保护他们。"老莫只得同意，跟着我们出发。素满多终于兴奋起来，和马赛小伙儿走在前面，两个人不停聊着什么，我和老莫紧跟其后。离开度假村后，一瞬间我意识到马赛小伙儿把我们带到了真实的毫无遮拦的马赛马拉大草原上！地上是成堆的硕大粪便，老莫说应该是大象的。正午的大草原很安静，阳光炽热，野兽们都在熟睡，我踩在无处不在的粪便上，顿觉自己渺小。说要保护我们的马赛小伙儿手里只是

博戈里亚湖的火烈鸟

拿了一根小木棍儿，像个好不容易出来放风的孩子般兴奋地蹦蹦跳跳。我问老莫："这样安全吗？"老莫皱了皱眉："我也没想到，第一次步行去马赛部落。动物们都在睡觉，应该还好。"说罢，他警惕地环顾四周，还打了电话让 Johnson 从大路开车去部落等我们。这不免让我更加紧张起来。我问马赛小伙儿还有多久，他每次都说快了、快了。结果，我们走了足足有 20 分钟。马赛小伙儿跑去呼唤自己的家人来迎接我们。刚刚还不见人烟的大草原上，男女老少从带刺灌木围成的圆形篱笆里走出来，他们身着五颜六色的马赛服饰，像这草原上的火焰。

湖边拍摄的老人

以畜牧为生的马赛人是非洲古老的游牧民族，他们自称马赛马拉大草原真正的主人。马赛人奉行一夫多妻制，马赛小伙儿介绍说这个部落的首领是自己的父亲。他的父亲有九个老婆，每个老婆拥有一间独立的牛粪房，这九间牛粪房围成一个圆形，最外层是带刺的篱笆墙。我们弯腰钻进其中一间参观，房间很矮，丝毫不见光芒，臭气熏天，在房间最外侧的小隔间里，竟然住着一头小牛。为了防止小牛在深夜被狮子偷了去，马赛女人选择和小牛同居一室。牛是马赛族财富的象征，哪个部落拥有的牛更多，就可以讨到更多的老婆。据说如今马赛男人以十头牛作为聘礼可以换一个老婆。我们造访的部落很明显足够富有，几十头牛趴在篱笆墙内的空地上，和马赛人共同生活。

马赛族的欢迎仪式很特别，女人们围成一圈开始唱歌。她们招手让我加入，热情地为我戴上自己手工编织的彩色项圈，歌声在广

马赛人居住的牛粪房

袤的大草原上飘了很远很远。男人们拉走了素满多，说要比赛跳高。他们相信跳得越高，离天就会越近，也能第一个观察到远方的情况，所以女人们更愿意嫁给跳得最高的人。部落首领的儿子指着不远处的一座现代建筑说，那是他们的小学，孩子们开始接受现代教育，他们会把最好的给孩子，但是永远不会离开马赛马拉大草原。

马赛人仿佛生活在几万年前一样与世无争，他们是大草原的主人，对它只有热爱没有恐惧。

马赛女人和她的孩子

和马赛部落的女人们一起跳舞

我们离开马赛马拉的前一天，老莫带我们去大草原上野餐。这里地势较高，可以一眼望见很远的地方，老莫说有食草动物的地方附近没有狮子和猎豹。吃完饭，他一个人背对着我们席地而坐，静静地感受草原吹来的风。直到我们都上了车，他还开玩笑说不走了。

后来，我也时常想起马赛马拉大草原最高处的风。

云那么低，低到好像我们触手可及；雨说来就来，大草原敞开怀抱接纳一切变数。

雨过，天晴，彩虹显现，如同你我的人生。

后记：

信用卡被盗刷这件事成了我们和朋友的饭后谈资。朋友说我骂肯尼亚警察这件事，可以算是人生中的高光事件了。

坐在大草原最高处不愿离去的老莫

CHAPTER 06 耶路撒冷:

想喝咖啡的黑衣人

作者：素满多

那本《耶路撒冷三千年》我一直没有勇气读下去。
有人说：“耶路撒冷的每一块砖都有自己的故事。”
我无法写出它的厚重，
只能写写我在耶路撒冷的故事。

特拉维夫的傍晚

耶路撒冷，满城的熊孩子

2017 年 4 月，我动了辞职的念头，我开始踌躇满志地幻想辞职后的岁月如何大展宏图，至于做什么，脑子里却毫无头绪，先试试看吧。

我和拓来福说了我的想法，她没有太大的情绪波动，只说让我自己决定，而她会全力支持我。

“要不要去趟耶路撒冷？”这是我第二次问拓来福这个问题，第一次是很久以前，那时我们只算旅行的入门者，这种听上去就有些难度的地方自然没有得到她的认同。

“好啊！我一直想去呢！”她的回答让我有些意外。

那是我第一次坐俄罗斯航空，传说中俄航机长都是退役的战斗机驾驶员，人生对他们来说……就那么回事吧，除了起飞、降落都处理得无比果断外，他们遇到气流勇往直前也让人觉得酸爽。空乘也丝毫不畏惧，发餐食这种事一刻也不能停歇，刺激得不行！

我们落地特拉维夫，这次行程我们将全程自驾，停在我面前的是一辆欧宝，这款车在中国就变成了别克英朗。我们选择了“满油租，满油还”，但那时候西亚地区的汽油价格贵得惊人，汽油价格几乎是北京的两倍。我通常会用三样东西的价格来简单评估一个地方的消费水平：一是汽油价格，二是出租车价格，三是可乐价格。虽然对经济学没什么研究，但花了大约 20 元人民币在自动售货机上买了一瓶零度可乐后，我心里大概有数了，不过我承认机场的可乐要比市面上贵些。

特拉维夫是一座海滨城市，在海边的自由行没有人会安排得那么紧凑，我们也就把车停在了酒店。在特拉维夫的几天都是如此，我们每天逛逛教堂，看看广场舞，吃吃海鲜，悠闲得很。

三天后的清晨，我们启程前往耶路撒冷。不巧的是，我们赶上了某些重要活动，不少道路被封闭，一路上七拐八拐，或是山路，或是小巷。山路还好，虽然崎岖，但都是平整的柏油路，小巷就略微坑人，越是接近耶路撒冷的小巷就越窄、越颠，因为路面上铺的都是古老的石砖。我们终于在一个小巷里遇到了来车。这不是我们经过的最窄的巷子，但巷子绝不够两辆车并排而行。我和来车都停下了，相距不到 10 米，一旁两个七八岁的男孩有点儿幸灾乐祸，一个手里抱着足球，另一个空着手，两人不停地嘲笑着我们。

目测了下小巷的宽度，确定过不去了，我正准备挂上倒挡往后退，那个抱着足球的男孩跑到我车前。他透过玻璃看着我们，突然

海边的黄昏

耶路撒冷老城随处可见的学生

变得异常兴奋。若是他没抱着那个足球，我相信他能振臂高呼。接着他马上扭头跑到了另一辆车旁，不停地叫喊着，还挥着手，示意司机倒车。那辆车缓慢后移，直到在一处较宽的地方停了下来。原来这孩子是在帮我们。我们在肯尼亚也曾遇到过熊孩子帮忙推车的情况，不过他们讨要了不少小费，这回可能也是，不过不管怎样等一下得表达一下谢意。

我缓慢地前行，那男孩在车前指挥。错车之后，我想摇下车窗致谢。他却跑向了副驾驶座一侧，敲击着拓来福那侧的玻璃窗，兴奋地呐喊着："I love you（我爱你）！"拓来福还没来得及摇下车窗，就见那臭小子把手里的足球一脚踢出，一溜烟儿跑远了。

我和拓来福被逗得哈哈大笑。

我们住在耶路撒冷老城里，车是开不进去的，我和拓来福只好拎着行李箱沿着石砖路往上爬。一路上我们遇到不少熊孩子，小点儿的三四年级，年长的看样子像是高中生的年纪，他们都是成群结队的，队伍让人看不到尽头，通常每隔一段都有个成年人，像是老师带着学生郊游。不少孩子见到我们会用中文高喊"你好"，也有人喊着"哭泥七哇"（日语：你好），或是突然双手合十，嘴里冒出一句"萨瓦迪卡"（泰语：你好）。相隔一条马路，不少女学生拼命地向我招手，我若是扭头看她们一眼，甚至会换来不少飞吻，我感觉自己要膨胀了……

你们还只是孩子呀！

我怎么感觉像是捅了猴子窝？孩子们忒闹腾了！放眼望去，没一个老实的，但好在大家都排着队前行，没人掉队，也没人乱跑。那个带队的成年人也只是时而回头张望一下，对这群孩子的“碎嘴子”视而不见，也可能早就习以为常了吧。

我一直不太擅长和小孩子沟通，更何况是这种组团撩我们的熊孩子。拓来福只顾在旁边哈哈大笑，一点儿也不顾及我心里的煎熬。到了酒店，我办理好入住手续后忍不住问前台：“请问为什么会有这么多小孩在这里？他们来做什么？”

“哦，今天是‘学生日’，恰好明天又是‘耶路撒冷日’，所以耶路撒冷的学生们今天都会来老城，今晚他们会有场大派对……”

果然是捅猴子窝了，我和拓来福想趁着人还不算多，赶紧出去走走。一路上依然有不少孩子“勾搭”我们，我们也尽量满足他们合影的请求，搞得比明星还忙。可能是他们住的地方很少能见到亚洲面孔，所以他们见到我们就会觉得无比新奇，有孩子问起我们来自何处并得知是中国时，就会显得更加兴奋。

耶路撒冷的教育水平在全球都算得上顶尖的，我曾经看过一篇文章，说是很多耶路撒冷的小孩子放学回家后会被家长问：“今天你向老师提出了什么问题呢？”这样的自由开放式的教育让孩子们“皮”得很畅快。老城里的熊孩子越来越多了，纵然我知道他们都没什么恶意，但这感觉着实让我招架不住，晚上的大派对要不就算了吧，我只想回酒店睡觉……

想喝咖啡的黑衣人

我在耶路撒冷总能看到一些黑衣人，他们穿着统一：白色衬衫，外加通体的黑色西装，戴着黑色的礼帽，所有人都留着长长的鬓角。他们被人们称为“哈雷迪”。哈雷迪自幼只学习最传统的经典。我们曾在路上遇见打电话的哈雷迪，发现他们用的都是最古老的手机。据说他们的家里是不允许有任何科技产品的，譬如电脑、智能手机，甚至也不能有电视。

男性哈雷迪只能与女性哈雷迪结婚，并生下小哈雷迪。结婚前，男女哈雷迪不能有任何接触甚至是语言上的交流，坐公交车也都会彼此分开，经过父母安排的相亲才能结婚。婚后，哈雷迪家庭通常会有许多孩子，所以人们在街上遇到推着三五辆婴儿车的哈雷迪也就并不觉得稀奇了。他们的收入也基本靠政府微薄的补贴，所以日子基本上苦哈哈的。有些女性哈雷迪为了贴补家用，会偷偷去做一些洗衣服之类的零工。

忘记是在耶路撒冷的第几天了，日出不久，城里的鸽子也还懒散地踱着步，店铺也大多紧闭大门，我们准备前往平日里总让

哭墙前的哈雷迪

哭墙前的老者

人有些不安的大马士革门，经过一条小巷的时候迎面走过来一位哈雷迪。自从去完哭墙，我们对哈雷迪也就不觉得新奇了，只知道他们不会注意到我们这种“凡人”的存在，即使和他们擦肩而过，也会被他们当作空气。但今天这位哈雷迪有点儿不一样，当然，形象是不能变的，黑西服、黑礼帽、白衬衫，浓密的络腮胡垂到了胸前，鬓角的两缕头发被特意编了起来，夹杂在胡子里隐约还能看到。只不过在我们即将与他擦肩而过的时候，他居然在对我笑！更让人吃惊的是，他居然主动说了一句：“Hello（你好）。”

今天这位哈雷迪反常的举动让我不禁觉得：莫非他从我这凡胎中看出了某些蹊跷？

“你听见了吗？刚才那位哈雷迪在和我打招呼！”我问拓来福。

“听见了！”拓来福也很吃惊。

“咱们过去给他录一段吧！”去哭墙的时候，我拍了不少哈雷迪的照片和视频。在那里，游客是可以任意给他们拍照的。因为他们在哭墙前几乎是全身心投入的，不会在意周遭发生的一切。也有可能他们希望让人们记录下自己虔诚的一面，所以之前的照片里也是他们“入定”时的状态。而今天我们遇到的这位哈雷迪，说不定能对着镜头说些什么。

我和拓来福停了下来，扭头发现他已经拐进了另一条小巷。我们加快脚步，向他的方向追了过去，还没走到那条巷口，他又走了出来，眼睛一直盯着我们。我走上前去先开了口：“我可以给你录一段视频吗？”

他停住脚站在我面前，有意和我交流，却欲言又止，低下了头，一只手不停地拨弄着那个长长的鬓角。我以为他听不懂英语，于是举起相机向他比画。

他开口了，说了句不太流利的英语：“你是要发到报纸上吗？”

“不、不、不，我自己留着。”

“你是要放到电视上吗？”

“不、不、不……”

“你是要发到杂志上吗？”

“不、不、不……”我觉得这事靠谱。他只是太羞涩，始终低着头。

但他好像在我身后发现了什么，突然侧过身面冲墙，像是有意躲闪。我扭过头，发现身后走来了两位哈雷迪。他们大步流星，从我身旁走过去的时候眼都没抬。而我面前这位哈雷迪随着他们的走动，一直转动着身子，始终让自己背对着他们。我大概明白了，他可能不想让别人看见自己和普通人沟通。

他又开口了：“能不能给我点儿钱……我买咖啡……”

“可以，没问题。”我从口袋里掏出所有钱——其实也只是几枚硬币。一大早，我们本想拍些素材就回去了，所以就带了些零钱出门，“我只有这些零钱，抱歉……”

他接过钱，没有感谢，但很开心。虽然钱不多，但像他说的“买杯咖啡”还是绰绰有余的，我有些兴奋，继续问道：“我可以给你拍一段视频吗？”

“能不能快点儿……”

我举起相机还没来得及对焦，他便冲着我的镜头微笑着点了一下头，接着连忙扭过头走掉了……

后记：

在耶路撒冷的最后一天，我们还了车，打车来到边境，办好相关手续后登上了一辆旅游大巴。坐在车上，我打开了手机地图，时刻盯着我所处的位置。大巴行驶到了一座大桥上，在某一瞬间，我截了张图。

那一瞬间过后，我来到了约旦。

CHAPTER 07 耶路撒冷:

寻找生的意义

作者：拓来福

很多时候，
我们并不知道怎么去定义悲痛，
甚至没有度量衡可以量化它。
只是突然之间，
它会像洪水猛兽般汹涌而来，
让人猝不及防。

我们目睹了的整个仪式

约旦河的洗礼

奶奶去世后的第 268 天。

素满多依然持续性失眠，像丢了魂魄般和黑暗对抗。他开始和我探讨死亡，问我活着的意义。

“因为很多地方我还没有去，比如耶路撒冷。你不是一直想去的吗？我答应你，我们一起去。”我记得那个夜晚，窗外灯红酒绿，五道口刚刚苏醒，而我正在试图拼死把一个即将沉没的人拉回岸边。

“去了又怎么样？不去又怎么样？”他眼神迷离，曾经光芒万丈的灵魂好像被乌云遮住了。

“至少，这是一个期待。”

那天晚上，他在酒精和痛苦中睡去，而我彻夜未眠。

素满多决定辞职了，我给予了百分之百的支持。放弃一份互联网巨头的体面工作，好像并没有那么难，只是那时的我，对素满多的痛苦并不能感同身受，他的低落也令我常常伤感。他辞职后，我们真的去了耶路撒冷，那是应许之地，拥有许多传说，但是，我来到这里与信仰无关。对我来说，耶路撒冷仅仅是一种神圣的象征。我幻想着，只要用百分之百的真心在这里许一个愿望，就可以实现。人生总需要某些希望和臆想，才不至于丧失继续下去的勇气。

在我的认知里，耶路撒冷一直活在新闻中，离和平有点儿遥远。我带着某种需要被救赎的期望，还有一股豁出去的果敢，毅然决然地出发了。

我们从北京飞到了特拉维夫，这是我们本次自驾的第一个城市。特拉维夫这座沿海城市让人有些恍惚。雅法古城里的老旧集市、海边精致的包豪斯建筑群、宁静优雅的林荫绿道、在海边看台上紧紧相拥的舞者……无数的元素汇聚在一起，充满矛盾，充满生机。只有让双脚真正踏上这片国土，你才能看到它真实的模样。这是一个努力在战火里维持和平的弹丸之地，没有想象中的战争纷扰，只有可见的和平富足。

我们在特拉维夫小住了几日，就开车前往拿撒勒，那儿离加利利湖很近，湖的南端就是约旦河的洗礼之地。约旦河位于西亚，最窄处刚好就在加利利海两端。在拿撒勒附近的萨福利亚村有着著名的“天使报喜”传说。拿撒勒有两座天使报喜的老建筑，他们都固执地坚称自己才是天使报喜的真正发生地。对我们而言这并不重要，拿撒勒，这座存在于神话故事中的城市，让这片流着奶和蜜的土地变得更加神秘。

从拿撒勒驱车不到一小时就到了约旦河西岸，我们作为旁观者，带着好奇去见证传说里的一切。

我们跟着手机导航一路前行，一不小心拐错了路口，两边是高大的棕榈树，没有车辆从此经过，更没有人烟。受洗之地在加利利湖口附近，再往下就是以色列和约旦的界河了。我突然心生紧张，这里完全不像受洗地，不知道我们是否开到了边境。看到不远处有大门敞开，素满多决定开进去看看，说不定能找到人问问路。他把车降速到时速 20 公里，可是这里没有门卫，车头刚过大铁门，我们就看到里面停着许多报废的汽车，有一排低矮的集装箱式平房，四处安静得可怕。我突然心跳加速，轻声说：“咱们走吧。”

素满多点了点头，瞬间挂倒挡往后退，出了大门后以时速 100 公里的速度离开了这鬼地方。

“你说，那里像不像军工厂或者边境地的武装分子所在地？要是对方发现我们俩，会不会把我们绑架到集装箱里？”我的脑海里瞬间浮现出无数犯罪片里的名场面，《飓风营救》里连姆·尼森营救女儿时潜入的人贩子窝点之类的画面不停闪回。

素满多面无表情地说：“不过是个废弃的工厂而已。”

顿了片刻，他轻声说：“其实，我也害怕了。”

我们在附近又跟着导航绕了十几分钟，才找到约旦河的受洗之地，它有个专有名词叫“Yardenit”。我们跟着人流进去，看到很多人已经换好白色浴衣排队等待受洗。约旦河不宽，没有波澜，连接着加利利湖和死海，小河两岸灌木丛生，青藤缠绕，巨大的伞形树冠和稠密的树叶投下大片阴影。河边立着栏杆，修筑了一级级的台阶，穿黑色衬衫的中年男性领先，其他人依次下河。他们穿着单薄的白色长袍，带着一颗虔诚的心，静静地向河中走去，将身体慢慢地浸泡在水里，用约旦河圣水来洗净自己凡世的罪孽，从而获得新生。很多人激动得哭了。

约旦河，这个书中被提到数次，为无数人带来重生的希望。对很多人来说，能够在约旦河接受洗礼，或许是一生之荣耀。

我和素满多站在岸边，相顾无言，像是另一个世界的人。

雅法古城海边的舞者

在约旦河里嬉戏打闹的人们

耶路撒冷的温柔和善意

从 Yardenit 离开后，我们便开车前往圣城耶路撒冷。《塔木德》里说："世界若有十分美，九分在耶路撒冷。"与快速而粗略地生长的特拉维夫不同，耶路撒冷是永恒不变的历史印记。

耶路撒冷旧城为四边形，每边长约 900 米，分为不同的区域。清晨行人甚少，我们在饱经风霜的老城里穿行，感觉像在翻阅一本活着的立体历史教科书。这里的房屋多是用石头建造的，古老的城墙高高耸立，城墙上人们可以看到战争留下的弹痕。每个街口都有持枪的大兵站岗，他们并不严肃。如果你一直盯着他看，就会被大兵微笑着询问是否迷路了。偶尔有浑身黑衣的哈雷迪沉默不语、匆匆走过，让这座老城更显神秘。

我们决定去找哭墙。清晨的旧城还没有拥入大量游客和信徒，

耶路撒冷旧城随处可见的持枪特警

每一条小道都像极了，左转右转又总是经过同样的地方，我们好像误入了没有出口的迷宫，连有参照地图也无法分辨出这样繁密的古路。正当我俩对着手机地图一筹莫展时，一位路过的彪形大汉突然转过身，回头问是否需要指路。我轻声说正在找哭墙，大汉说了句“跟我走”，就先行走在我俩前面。我俩欣然接受了这份好意，一时放下了对陌生人的戒备。我们跟着他走到两条巷子的岔路口，大汉往前一指：“就在前面了，祝你们玩得开心。”还没等我们道谢，他就快步离开了。或许，善意才是人类作为生命最好的注解，是对世界依然留恋的最大期待。

我们走出巷子没多远，就来到空旷的广场，经过安检后，哭墙赫然出现在眼前。书上说："千百年来，流落在世界各个角落的犹太人回到圣城耶路撒冷时，便会来到这面石墙前低声祷告，哭诉流亡之苦。"其实哭墙原本叫"西墙"，高 20 米，长 50 米。公元 70 年，罗马人把犹太人赶离了耶路撒冷，第二圣殿几乎被夷为平地，但是这面墙被保留了下来。传说当初罗马人在焚烧第二圣殿时，有六位天使坐在西墙上哭泣，他们的泪水凝结在石缝里，因此这面墙到现在都不会倒。也有一种说法，罗马人在毁城之时故意留下这面墙，来见证自己的胜利。历史没有真相，是凄美传说还是悲情故事都不再重要。来自世界各地的犹太人回到家园，只能在西墙向着原来的"至圣之所"祈祷，缅怀历史的沧桑和悲凉，甚至很多人趴在西墙上放声痛哭，久而久之西墙就被称作哭墙。

哭墙是男女有别的，男左，女右，中间是一面巨大的屏风墙。和素满多分开后，我从右侧进入哭墙，怀揣着好奇和一丝忐忑与倒退着离开的人擦肩而过。穿过人潮，我走到哭墙下，看到墙缝里塞满了小字条。大家固执地认为，任何愿望只要写下来塞进墙缝里，就能让你得偿所愿。

我走出哭墙，刚好遇到一个少年的十三岁成人礼。浩浩荡荡的队伍正向哭墙走去。小男孩满脸骄傲地走在队伍的最前方，身上披着一件印有蓝色条纹的白底披巾。成年人们紧随其后，打鼓吹号，载歌载舞，热烈的氛围极具感染力。从今天开始，小男孩就成了大人。

哭声、歌声、叹息声、欢呼声汇聚在哭墙下，让耶路撒冷这座城变得独一无二。

塞满小字条的哭墙

光影交错的旧城

耶路撒冷日，一个沸腾的夜晚

次日，我们是在喧嚣声中醒来的。我拉开窗帘，天哪，昨晚空旷的老城广场上全是学生和持枪士兵。我赶紧叫醒素满多。我俩趴在窗口观望半天，他们只是嬉笑打闹，看起来一片祥和。2017 年 5 月 24 日是第 50 个耶路撒冷日。对犹太人而言，这天象征着自公元 70 年罗马人摧毁第二圣殿后，犹太人再次控制耶路撒冷全城。

耶路撒冷日的耶路撒冷，彻底沸腾了。

我和素满多决定远离这喧嚣，老实待在酒店里，不承想，一觉睡醒已经是晚上八点钟。肚子开始咕咕叫着发起抗议，连续吃了几天的皮塔饼，混合着甜腻的鹰嘴豆胡姆斯酱料，我和素满多决定从猫途鹰上寻找一家中餐厅，拯救可怜的胃。我们搜到了一家叫“面”的面店，就在旧城外相隔仅一个街区的地方。想着八点钟的旧城人们应该早就回家休息去了，结果刚走了不到五分钟，我俩就被堵在一条古巷里进退两难。这是出城的必经之路，道路两边有戴着红十字标识的救助人员，或许是担心作为外国友人的我们受到惊吓，其中一人特意挤过人群，问我们是否需要喝水。我婉言谢绝了，问他是否有饭吃，因为我很饿，他抱歉地笑了。

大约半小时之后，我们终于跟着人流走出了巷子。电光石火间，大马士革门的城墙上灯光闪耀，五颜六色的光束刺破夜空四散开来，照亮了整座古城。吃完面，素满多紧紧地牵着我的手，迎着灯光秀和烟火，好似从喧嚣里开辟了一条宁静的路，一路安心地走回酒店。

我们和一个不在计划之内的耶路撒冷相遇了。我们也吃了一碗人生中最好吃的面。

晚上，当我们换好睡衣准备入睡时，酒店突然警铃大响，我和素满多紧张地打开房门，来自意大利的隔壁老爷爷也刚好探出脑袋。

“发生了什么？”

“不知道，真是见鬼！”老爷爷无奈地甩下这句话。

其他房间的客人也走出来四处张望，警报声没一会儿就停了，大家陆续关上了房门。没有人知道究竟发生了什么。好像在这里一切皆有可能，一切又都见怪不怪。

那晚入睡前，素满多对我说：“安全地活着，挺好。”

CHAPTER 08 约旦：

在瓦迪拉姆，开始我的游牧

作者：素满多

这里的沙漠有魔力，
我看见它白天的浩瀚无边，
我感受到它夜晚的空洞无声，
而只有我，变得无比渺小。

瓦迪拉姆沙漠的星空

大哥罩我

在约旦的旅行我们依然是自驾，只是租车并不那么便捷，根本没什么租车 App 的业务覆盖到约旦。不过好在约旦海关外的租车行不少，我们选了一家还算知名的，租了辆墨绿色的雷诺 SUV。沿途的风貌大多是以黄色调为主，干旱的地表上鲜有绿色的植被，很少见到那种大面积、机械灌溉的农田，柏油路面也没有那么平整，在路上也经常会遇到一些军用皮卡，驾驶室后面的无顶车厢上架着一挺重机枪……

我带的航拍设备在耶路撒冷根本没用上，因为老城属于禁飞区。不论在哪儿，航拍的视角都是绝美的，没有哪个摄影师会放弃任何一次航拍的机会。约旦看起来荒无人烟，我想航拍的时机到了。公路一侧是开阔的平原，满是干燥的沙砾，几乎没有什么植被，平原远处是棕褐色的山谷，两座大山之间的阴影中透着神秘感。

我取出无人机，确定这里并不是禁飞区，我让拓来福朝着远处走，无人机起飞后，我打开了跟踪模式，在这种陌生的地方，我通常不会让无人机飞得太高，更何况这里是约旦。无人机起飞前我就将限飞高度设定成了 50 米。无人机在拓来福的头顶盘旋，但飞到她前方的时候，总能拍摄到站在路边的我，这种穿帮不太美好。我让拓来福一直走，直到我不再出现在画面里就好。无人机一直在拓来福头顶画着圈，我等待着一个合适的距离，还需要让她再走走……

突然，我松开了摇杆，因为在画面里有一辆白色三厢轿车停在了我的车前。我转过头，发现那辆车上顶着警灯。从驾驶室下来一个男人，穿着警服，腰间挎着一把手枪。我已经想不起他的模样了，因为那时我蒙了，盘算着如何应对，也做好了最坏的打算——上交无人机，不过这可能还不是最坏的结果……

“你好。”这名警察用阿拉伯语和我打招呼，我在土耳其的时候听过这个词，发音就像是“麻辣哈巴”，只不过“辣”字通常卷舌。

“你好。”我也用阿拉伯语回应了一句。我能发出卷舌音，这样能让对方产生一种认同感，但这回我没发出来，只是用一声最生涩的“麻辣哈巴”回应。

“你们从哪里来？”这警察向我走过来，微笑着用英语问我。

“中国。我在拍摄视频，你看，那是一个会飞的相机……”我向他解释着。拓来福转身看到这一幕也向我们走过来。我不打自招了，这样也许会得到宽大处理。我有意给警察展示监视屏上传的画面，他也很好奇地凑过来，画面里有三个人：两个凑在一起看屏幕，还有一个向他们走来的白色身影。

“我叫穆罕默德。”警官对我的画面兴趣不大，只是简单扫了几眼就又开口了，“我是一名警察，遇到问题可以找我。”

“O……OK。”

他转身走了，打开车门的时候好像对我说了一句：“Enjoying your stay here（在这里玩得愉快）!”

他可能只说了句“enjoy”，但是我自动把这个词放大了。

拓来福还在往回走，那辆警车扬长而去，可能拓来福还没来得及看清楚那警察的长相……

“那人是谁？”拓来福问。

“警察。”

“他和你说什么了？”

“他说他想收我做小弟，在约旦有麻烦了找他。”

“快走吧，此地不宜久留……”

有经验了，航拍也就不棘手了，至少不用那么鬼鬼祟祟了，我决定到酒店之后一定要航拍一下死海。

拓来福预订了凯宾斯基的房间，海景房，大房间，环境优雅，宽敞无比。在进来的时候需要接受一次安检，大包小包走 X 光机，我也被简单搜了下身，不过我的行李箱出了点儿小问题：工作人员指着屏幕上一个酒瓶状的东西问我那是什么。在约旦有很多地方是禁止饮酒的，甚至携带都不可以，不过行李箱里那个是我带的花露水，我答道：“Six God（六神）。”

我只是把行李堆在了房间里就拿着无人机跑到了室外，打算在一片没有遮拦的花园里让无人机升空。无人机在死海上空翱翔，这个只在语文课本上出现过的地方，今天居然被我尽收眼底。当然，我并没有肆无忌惮，无人机飞行高度依然控制得很低，也并没有飞得太远，一直保持在目之所及的地方。

“先生，这里不能使用您的无人机。”远处走来一个男人，戴着眼镜，有些谢顶，看样子是个服务员，“会招来军队的……”

我的个亲娘！这事不小！“好的好的，我马上收起来……”

“你大哥呢？让他摆平啊。”拓来福在拿我开心。

“别提了，一会儿导弹飞过来，我大哥也跑不了。”

瓦迪拉姆沙漠里，愤怒的小茶壶

约旦还有一处酒店不得不提，在瓦迪拉姆沙漠深处，只有 10 个圆形玻璃房，夜晚的时候躺在床上，透过透明的穹顶就可以看到星空。预订星空房很不容易，几乎每天是爆满的状态，不过很走运，拓来福成功预订了一晚。根据提示，我们只能把车停在距离酒店很远的一处停车场，那里会有人负责将客人送到酒店，因为剩下的这段路并不是什么车都开得进去的。送我们的是一个穿着白色长袍、戴着红白格子头巾的小伙子，开着一辆已经被沙漠摧残得快掉漆的越野车，发动机盖上还用喷漆涂鸦。我们一路颠簸地来到了酒店“大堂”，其实只是一顶硕大的帐篷。幸亏有人接送，这里连信号都没有，导航在这里根本没用。

星空房是独立的球形房间，正对着大帐篷的一面是白色的，并不透明，而背对着大帐篷的一面是全透明的。透明的部分占了整个圆球的 40% 左右，晚上可以看星星，白天能看到远处的山谷。进入星空房要通过两道门，酒店老板提示我们，打开第一道门之后一定要马上关紧，然后才能打开第二道门进入房间。我起初不解其意，

驰骋在瓦迪拉姆沙漠

拓来福和我们的越野车

直到进去的时候才知道，整个房间其实是用气泵吹起来的，不是玻璃的，而是某种结实的透明塑料材质，一旦气压骤减，房子就会塌陷。

房间并不大，可以理解为我们是住在了一个直径不到10米的球体里，但室内的陈设让我震惊：独立卫生间、浴室，更让我惊叹的是，居然还有空调！不过房间只有晚上才供电，即便这时球体透明的部分都被反光布盖着，室内的温度也足以让人窒息，怪不得我进来之前见到几个外国人宁可在门口晒着也不愿进去。

瓦迪拉姆沙漠隐匿于巨大的风化岩石群之中，宛若月球表面，《火星救援》就是在此取景拍摄。因此，它被赋予了一个诗情画意的名字——月亮谷。午后的瓦迪拉姆沙漠被太阳晒得滚烫，虽然空气的温度不算太高，但人能明显感受到双足传导上来的热量。酒店老板为我们安排了沙漠越野，虽然是付费项目，但我们实在不愿在

瓦迪拉姆的星空房

沙漠里的贝都因人

烈日下发一下午的呆。带我们的还是刚才那位头巾哥和他的大越野，他是个贝都因人。

“贝都因”在阿拉伯语里的意思是“荒原上的游牧民族”，他们是阿拉伯民族的一部分。贝都因人骁勇、彪悍、自由不羁，通常由族长管理整个族群。第一次世界大战之后，大部分贝都因人接受了政府的管理，但至今仍旧保持着族长制以及一夫多妻制。在游牧的岁月里，贝都因人驱赶着骆驼在沙漠中穿行，用骆驼制品换取一些生活所需的东西，几百年来，沙漠地区的贸易就这样维持着。如今，骆驼依然是不少贝都因人谋生的工具，只不过他们把骆驼换了个叫法——taxi（出租车）。

约旦的母亲会想尽一切办法，教自己的孩子如何向游客换取更多的美元，所以在约旦很多景点能见到向你展示小商品的孩子。若是你不打算买东西，就千万不要接过来，因为一旦接过来，就别想还回去了。

头巾哥倒是彬彬有礼，可能是接待的游客多了，交流起来让人感觉很愉快。他将带我们前往月亮谷。对我来说，去哪里并不重要，只要能见到瓦迪拉姆酒红色的日落，还有遇到沙丘后直上直下地冲刺就够了。头巾哥很少走寻常路，越是陡峭的沙丘就越能激发他的兴致。车里播放着劲爆的阿拉伯音乐，看我们不够嗨，他又把音量调高了两级。

右后方冲过来一辆越野车，司机不停地按着喇叭，车开到我们侧面的时候，后排的欧美老夫妇不停地向我们招手。司机探出胳膊朝我们挥了几下，头巾哥立刻来了精神，减了一挡，汽车先是颠了下，紧接着我感到一阵强烈的推背感。头巾哥猛地向左侧打轮，我们又冲上了另一座沙丘，我感到车几乎要翻了。另一辆车沿着平坦的大路冲刺着，卷起的沙尘让我们一时间看不到它的踪迹。

做完最后一个漂移，头巾哥带我们来到了一座巨大的沙丘下，那里聚集着很多越野车，刚才见到的那辆车也在，那对老夫妇正在蹒跚着下车。司机走过来拿头巾哥打趣，虽然我听不懂两人嬉笑着说了些什么，但很显然，他们刚进行完一次竞赛，结果是我们输了。

瓦迪拉姆沙漠是会变色的，中午是黄色，下午是橙色，日落时分就变成了酒红色。干旱少雨的沙漠地带，这种景象几乎天天有，当地人都习以为常。头巾哥告诉我们如何爬到制高点拍摄日落，自己和其他司机都留在下面等着我们。我们需要爬上一座沙丘才能抵达坚硬的山体，土坡不低，但没有哪个游客愿意错过这里的日落。

坐在沙丘上的大叔很是悠闲，身旁支了一小堆篝火，火上架着一把铜质茶壶，壶里盛着什么只有他自己知道。大叔很友好地向我招手，这感觉太棒了。

我想象着，日头西斜，我拉着拓来福在沙漠中引燃一簇篝火，火上煮着骆驼奶。趁着落日依稀可见，我们钻进帐篷，远远地看着那堆篝火变成一缕青烟。沙漠之狼站在山脊上对着圆月哀叫，而我们只需等着太阳重新升起，牵着我们的骆驼继续前行，找寻那片时有时无的绿洲……

我绕到大叔身后俯下身，打开相机，把光圈调到最大，想录这样一段视频：在虚实分明的大景深中，通过焦点的变化，让那堆篝火和荒漠交替出现。

“你在干什么？”大叔突然回过头问道，脸上顿时没了笑容。

“我在摄像，拍这把壶。”我正在对焦，还没有开始录像。

“这把壶是我的，你要拍的话得经过我的同意！”大叔不太高兴。他也知道我并没有用镜头对着他，因为在来的路上，我试图给头巾哥录像，可每当我举起相机的时候，头巾哥都会用那块头巾挡住自己的脸，仅露出一双眼睛。我猜也许他们不喜欢照相吧，所以有关人物的镜头我会格外小心，想拍的话也要经过对方同意，只是……我这次仅仅想拍一把壶而已……

“抱歉，我还没有拍。”我站起身，有些失望，大叔却喋喋不休。

“这是我的壶，我没有同意你拍……是我私人的……拍的话得给钱……钱！”

我立刻离开了，这愤怒的小茶壶。

在山脊顶端，我们记录下了一段完美的日落，一辆越野车穿过画面，卷起长长的一溜儿沙尘，对面山脊的颜色逐渐变成了酒红色，山下帐篷的影子逐渐拉长，最终融在了黑色的土地上……

我们回到酒店的时候已天色漆黑，星空房外几盏路灯指引着客人回到自己那块私密的领地，那块白天盖着的遮光布已经被拿走了。日落没多会儿，沙漠就变得寒冷无比，屋里的空调也都开了暖风。渐渐地，屋外的路灯也都熄灭了，只有星空房后面远处的帐篷里还发出一些光亮。关上灯，躺在床上，我发现盯着夜空时间越久就越能看到更多星星，起初几颗最亮的星星一直闪烁着，直到后来，我仿佛也能看到那些更远处的星星忽明忽暗地闪烁。可能这已经是它们很久以前的样子了，说不定此时此刻，它们早已变成了宇宙的尘埃。爱因斯坦说：只要物体速度超过光速，就能穿越时空。

或许当初那里也有一个类似的我，他们那里的80后也可能都是没梦想的一代人吧，我的梦想是什么来着？我早忘了……

“不想睡了。”拓来福盯着星空出神。

“我也是，要是天天都能这样该多好啊……”说真的，我很珍惜这一晚的星空房体验，想到明天就要走了，突然有些不舍。

“天天都这样你也会烦的。”

“无限不循环，能实现吗？”

“做你想做的吧。”

“要是做不成呢？”

“做不成你再回来呀，人生不是只有一条路可选。”

后记：

辞职后，我整理之前旅行的素材写成了不少文章，在各平台分发后获了些奖，赶上了那段自媒体的“红利期”，也赚了些钱。但没有了稳定的经济来源，我好像陷入了坏心情的恶性循环里。

因为热爱，所以我决定继续走下去。

我开始了我的游牧。

继续我的游牧

CHAPTER 09 约旦：让人兵荒马乱的回忆

作者：拓来福

如果你问我，还会再去约旦吗？
我想再也不会了。
如果你问我，你爱约旦吗？
我也会说，爱。

漂在死海上看报纸

死海边的世外桃源

据说约旦人有欧洲人的浪漫，也有中亚人的果敢，还透着一股与众不同的孤傲。我们从耶路撒冷的老城出发，只需要一小时车程就可以抵达艾伦比－侯赛因国王大桥口岸。从口岸出来，外国游客需要另外付钱乘坐摆渡车才能到约旦口岸那边，我们刚上车就有工作人员来收所有乘客的护照。这奇特的过关方式，让我多了一点儿紧张感。过了海关，我们拖着行李找到租车公司的门店，素满多和完全不会英语的店员用肢体语言加翻译软件进行交流，终于拿到了车。

第一站是死海，当我们经过约旦的检查站时，远远看到拿着长枪的警察正在检查一位阿拉伯人开的车的后备厢。我和素满多已经准备好护照等待查验，不料警察看到我俩之后，呈 45 度弯下腰，微笑着说："欢迎来到约旦！"这真是让人喜上眉梢的开场白。

我们继续一路开车前行，经过集市和村庄，同耶路撒冷满大街拿着枪的女兵不同，我们在这里不曾看见任何一位女子，好像贸然闯入了男儿国。每逢堵车，我们的车停下来，路边的男子都会冲我挥手，还有一位少年跑过来，隔着车窗冲我傻笑，摇头晃脑、目不转睛地盯着我。

我变成了这个国度里的异类。后来我才明白，他们这样并不只出于对亚洲人的好感，还因为很少见到如此裸露面庞、不加遮掩的女子。

到达死海凯宾斯基度假村的时候，已经正午时分，饥饿难耐的我们决定立刻去餐厅享用牛排，不料被餐厅旁无边泳池的景象震慑住了。酒店里和酒店外，全然两个世界。只有我和素满多衣冠整齐，其他宾客通通泳衣在身，Taylor Swift（泰勒·斯威夫特，女歌手）的 *Shake It Off*（《通通甩掉》）以 360 度环绕立体声充斥耳畔，穿着比基尼的金发女郎们拿着香槟痛快淋漓地摇摆。

等等，这是在基本看不到任何女子露面的约旦吗？

好像一个不小心，我们闯入了约旦的世外桃源。

酒店就坐落在死海旁，从我们住的别墅一路下去，就是一片私人海滩。享用完午餐的我们，迫不及待地回别墅里换了泳衣，拿起运动相机一路小跑地奔过去。烈日当空，我们静立在岸边，内心不自觉地感到震撼。湖面海拔最低的死海，就像掉落在无边荒漠里的明珠，注视它的人的双眼会被这片耀眼的蓝灼烧。

小学语文课本告诉我："死海，人能浮在上面悠闲地看报纸。"

为了验证这种说法，基本等同于旱鸭子的我拿起酒店的一张报纸就英勇地一步步迈向死海深处，双手举起报纸，试图优雅躺平的那一刻，不幸跌入死海的怀抱里。我的眼睛瞬间烫伤般地疼，这可是高于普通海水9倍盐分的死海水！慌了神的我开始在死海里扑腾，想把头抬出水面简直比在泳池里难上百倍。我不得不求助于素满多，他像拎小鸡仔般把我拎了起来。

原来想漂在死海上也不是一件容易事。

泛着盐巴的死海

遭遇“咸猪手”，还被骗了钱

或许是凯宾斯基度假村的开放氛围让我忘记了自己身处约旦，即将离开这里前往佩特拉古城的时候，我得意地穿上一条纯白的连衣裙，背部的领口稍微大了那么一点点，露出脖颈以下5厘米的肌肤。这件很普通的衣服在约旦却显得极其醒目。我显然违背了第一条旅行准则：入乡随俗。

我们退房后，度假村的门童一号把我们的车开到门口，门童二号把行李放到车的后备厢里，门童三号一路带领我们走到车的旁边。我们在车子里坐稳后，三位门童站成一排，90度鞠躬欢送远道而来的我们，直至我们的车开出很远，阵仗之隆重，让我和素满多愉悦到飘飘然。

当死海渐渐在车窗外消失时，素满多临时起意要休息片刻，于是将车子停在了路边。我俩刚下车，不远处停着的一辆五座轿车里瞬间走出六个小伙子，向我们蜂拥而来。其中一个小伙子开口说希望和我们合照。我和素满多本以为他们单纯是对亚洲人好奇，便欣然同意了。于是他们把我和素满多夹在中间，开始轮番合影。突然我的微笑凝固了，从素满多那边伸过来一只男人的手，紧紧搭在了我的肩膀上。我知道这不是素素，一把打掉这只“咸猪手”，不料它再次搭了上来，甚至有向背部试探的趋势。我脑子突然僵掉，不断告诉自己克制住愤怒。我迅速上了车，用中文对素满多说：“快走！”可是他全然不知，依然兴高采烈地配合他们的合影要求。我打开车门，大声喊：“快走，立刻！马上！”素满多立刻意识到什么，挣脱六人的包围圈，上车后立刻锁上车门，启动引擎。

气氛严肃，空气凝固。直到车开了大概两公里，我从后视镜确认后面没有车跟上来之后，才心有余悸地对素满多讲述了刚才那一幕。

长久的沉默之后，他说道：“对不起，刚才我以为你只是单纯害怕。没有保护好你，是我不好。”

“没事，我只是觉得很恶心。”

静默片刻，我反问道：“如果我当时就告诉你情况，你会如何反应？”

“保命第一，带着你赶紧跑。”素满多脱口而出。

“你知道刚才我为什么不说吗？因为我怕你打他们啊，那样就糟糕了。可能下一刻，我俩就会被扔进死海里都没人知道。”我长出一口气，然后用纸巾使劲擦了下肩膀。

素满多绷着脸吐出几个字："我又不傻。"后来，我们再也没有接受过当地人的合影要求。

我们前往佩特拉的路上，有河谷、戈壁，还有沙漠，偶尔还能瞥见几只落单的骆驼在闲庭信步。我从大漠孤烟的萧索里，似乎立刻就能看到佩特拉古城正从远古破壁而来，以至于在颠簸的路途上，我竟然有一种飘忽不知所以然的美妙错觉。历史可追溯至史前的佩特拉古城深处与世隔绝的峡谷，其中居所几乎是在岩石上雕刻而成，有着不同于现代都市的狂野格调。因为这份狂野，逐水草而居的贝都因人在遇见佩特拉之后，就决定再也不流浪了。即使到了文明高度发达的现在，贝都因人依旧远离城市，独自生活在干旱而没有生机的荒漠中。

贝都因在阿拉伯语中是"荒漠游牧者"的意思，他们戴着用红色的驼绳缠绕成的头巾，穿着白色的宽松长袍，住在帐篷里，依山傍水而居。是他们对阿拉伯元素进行了最原始的定义。1978 年，有位新西兰少女游玩至此，遇到一个叫穆罕默德的贝都因人。

"你打算待在哪儿？"穆罕默德问，"今晚你何不与我待在一起到我的山洞里。"

或许被这份热情一击命中，这位名叫玛格丽特的少女从此留在了佩特拉，为穆罕默德生儿育女，还写了一本书《嫁给一个贝都因人》（*Married to a Bedouin*）。之后的许多年，在佩特拉的杂货摊上签售这本书，成为她下半生的命运。

来佩特拉之前，我和素素都以为贝都因人如书中的穆罕默德一般，热情似火，无比好客。我想我们俩是心生好奇的，对陌生的生存模式怀着百分之二百的幻想和期待，可命运总是让人猝不及防，谁都不知道遇到的下一个人内心是温热的还是冰冷的。

贝都因人的眼神像秃鹰一般犀利，还带着些许孤傲的冷色调，这是我在遇到的第一位贝都因人的眼睛里深刻感受到的情绪。

那天一早，我和素素就来到佩特拉的大门处，准备徒步迈入远古的时空里。我们刚要进去，跑来一位贝都因男子，他有着像《加勒比海盗》中杰克船长一样的发型，画着浓重的眼线，语速飞快地邀请我们骑马。

“你们是中国人吗？欢迎欢迎，我爱中国！你们可以选择免费骑马的，看今天烈日当头，我可以带你们过去。”

我和素满多提高了警惕，微笑拒绝后决定继续前行。我们每向前走一步，他就伸出双臂挡住去路。这位贝都因男子说：“你们有Jordan Pass（约旦的付费电子签证，同时包含约旦几乎所有景区的门票），是包含免费骑马项目的，来啊，我会帮你们牵马的，不用怕。”他再次强调了“免费”这个单词，同时加重了音调，放慢了语速，生怕我们没听到一般。再三确认不需要付费之后，我们再也不好意思拒绝了。

我们就这样相信了他，刚上马走了不到50米，贝都因男子对我说："骑马是免费的，但是你们要给我小费，懂吗？每个人20第纳尔（200元人民币）。"我和素满多相视一笑，没想到套路来得如此之快。本来我们也准备付几十元人民币的小费给他，但是200元人民币一个人，这简直是敲诈了。人在马上，我们只得答应。看到我们如此爽快，贝都因男子立刻停下来，对我们说要骑马上山，走一条常人不知道的路，可以看到最美的佩特拉古城。

素满多连说不需要，我也坚定地对贝都因男子说："不！"

被骗的我们

贝都因男子用他画着浓浓眼线的眼睛紧紧地盯着我，问：“为什么？”

他的眼神里透着摄人心魄的冲击力，我在大脑中迅速盘算了下：如果我们就这样被他带上山，人在马背上，一切都要听天由命了，何况山路崎岖危险，定不是400元人民币小费就能搞定的。于是，我用更坚定的眼神瞪着他。我知道，这一刻，谁先闪开目光，谁就输了。

于是，他说：“那好吧，终点到了，你们下马吧。”

而所谓的终点距离起点不过100米，和卡兹尼神殿还有一座狭长山谷的距离。我们就这样被丢在半道上，还不得不支付400元人民币的小费。

是谁说过贝都因人热情好客？又是谁说过亚洲女性在贝都因人眼里都是小可爱？

素满多安慰我说：“安全第一。”

进入峡谷后，我们沿着曲折的甬道前行，马蹄声不时地回荡在峡谷里。峡谷险峻幽深，峭壁上的岩石在风雨的长期作用下变得平整光滑，似刀削斧砍，让人仿佛穿越到了那个不可一世的纳巴泰王朝。

这一刻，我们陶醉了，全然忘记了被欺骗的不悦。终于，透过峡谷尽头的岩壁缝隙，在百转千回之后，我们看到了在阳光下熠熠生辉的岩石宫殿，那就是卡兹尼神殿。卡兹尼，意为“金库”，建筑完全由山体岩石掏空而成。整个神殿被高大的峡谷岩壁遮挡，在缓缓下沉

站在约旦佩特拉古堡前

的太阳照射下，显现出了绚丽的玫瑰红色，显得高傲而富有生机。

在古城，露天剧场、神殿、澡堂，甚至墓穴都能被分辨出一二。千年的风化让这些“空屋”从外表看起来更像是原始或自然的山洞，贝都因人就在这些山洞里藏身。

回去的路很远，刺眼的阳光照射到遗迹上，让人有点儿眩晕；脚下的马粪、骆驼粪和驴粪又让人避之不及。我们还是决定乘坐被贝都因人称为taxi的马车，马车的主人看起来很友好，主动邀请我们拍照。

他说自己是贝都因人，但是和骑马的贝都因人不同，他的马车是“政府管理”的，收费合理，只需要付 20 美元就可以。我和素满多终于松了一口气。

马车在西克峡谷的缝隙里扬长而去。

待我们下车，素满多上前紧紧握住马车主人的手连连感谢，甚至有想拥抱对方的冲动。马车主人也拉着素满多的手不放，笑着说：“刚才的 20 美元是给政府的，你还需要支付我 20 美元的小费。”

“政府管理”的马车

后记：

后来，我一直在思考，我们为什么要旅行？

或许，每一段旅途都是一段人生，可以和伴侣并肩站立，不断前行，生机勃勃。

把所有事故变成故事，把想抱怨的心情变成欣赏美景的渴望。

容得下生命的不完美，也禁得起世事的颠簸。

这就是意义吧。

约旦佩特拉古堡

CHAPTER 10 古巴：

没有网络的日子

作者：素满多

在古巴，
断网的日子一点儿都不好受。
原来男人也需要安全感，
只是都不愿意承认罢了。

静谧的比尼亚莱斯山谷

“严打”黑出租

落地古巴还不到一个小时，我和拓来福就被卷进了一起“案件”当中。

出发之前，我照旧对行程不闻不问，只知道古巴刚经历了一场海啸，不少房屋被冲垮，街道上甚至可以玩冲浪。拓来福尝试和民宿老板沟通，问是否可以正常入住。一周后，我们收到邮件回复：“我们这里已经恢复正常，欢迎入住，抵达哈瓦那后，会有司机在机场接机。”邮件结尾标注着：“每周只能在固定时间上网，因此所有邮件每周六回复。”

我老板当初要是能这么有规律该多好啊……

登机前，我下载了一切可能会听的音频以及一款单机手机游戏——保卫萝卜，因为我知道，飞机起飞后的几天，我可能就基本告别网络了。

到达哈瓦那已是晚上十点多，机场不大，也很简陋，取完行李，我们见到了那位举着我们名牌的司机，是个小伙子，看上去很瘦弱。我们迎上去试图用英语交流，但发现他似乎一个英文单词都不会，过来的目的也只是履行他司机的职责。我们给他看过民宿订单，他点头示意，那就心照不宣了。我和拓来福一路跟着他走到了停车场，但我们并没有在这里停留，而是径直穿过停车场走到了一条街道上。虽然是夜晚，但街道两边的小酒馆也是歌舞升平，我和拓来福就没有太过警惕，直到走到了一辆银灰色的凯美瑞旁边，我们知道这就是接机的车了。

司机打开后备厢准备放进我们的行李，可就在这时，从路旁的阴影中走出了一个穿着警服的人。我发誓我们就是从他眼前不到 5 米的地方走过去的，却没有发现他。穿警服的人开始和司机交流，他们说的是西班牙语，我和拓来福只能在一旁听着，不知所云。他们交谈的过程很严肃，气氛有些紧张，三言两语之后，从远处又走来一个穿警服的男人，加入了他们的攀谈。司机的肢体动作明显增多，语速也加快了。

“有什么问题吗？”好奇心驱使我用英语提出了这样一个问题。

后来走过来的那个警察是会说英语的，回答我：“你们应该去坐出租车，就在那里。”他指向身后，也就是到达大厅的门口。

“可这是我们酒店的车，他要带我们去酒店。”我拿出纸质订单想让他看看，并告诉他这是免费的接机服务。他没有接过订单，只说了一句：“这是不被允许的，你们要去坐出租车。”

我明白了，这是“黑车”，没有运营资格，这种事多少年前我就见过了。为了图便宜，早年间我也在家门口坐过不少“黑车”，严查期间，上车后司机会交代不少“后事”，比如：“我姓王，一会儿看见警察，就说我是你三舅的二姐夫，今天带你来参加你四姨妈的婚礼。”

那个警察带着我们走回了到达大厅的门口，一路上我没敢回头，总觉得亏欠那司机，也不知道他会面临什么。

我们坐着正规出租车赶到了民宿，老板是个中年大妈，为我们付了车费。民宿老板的英语还不错，至少我们交流并无障碍，房间在二层，一层冰箱里的饮料可以自取，按照价格把钱放在一旁就行了，全凭自觉，无人监管。夜色里我们什么也看不到，只知道我们住在了哈瓦那老城区。伴随着那台一半在窗户里一半在窗户外的老式空调一体机的噪声，我和拓来福入睡了。

清晨的哈瓦那巷子

流水的老爷车，消失的网瘾少年

古巴有两种货币，一种是CUP，一种是CUC。CUP也叫古巴土比索，1美元能换二十几CUP，但基本上只有古巴人能花这种钱，外国人用到的货币则是CUC，1 CUC等同于1美元。听父辈人说，这就像当年的“外汇券”。民宿老板提醒我们，找零的时候一定要仔细检查，避免一些不良商家用CUP冒充CUC。

吃完民宿老板准备的丰盛早餐，我们才第一次见到哈瓦那老城真正的模样。建筑十分古老，但颜色各异，墙皮上的霉斑证明了这里的建筑曾被浸泡过。虽然已经过了疯狂的雨季，但一大早雨水就绵绵不绝，街道上的人肤色各异，行色匆匆地在两侧的屋檐下穿梭，人力三轮车却从容地寻觅着可能出现的商机。我站在门口屋檐下，这张亚洲人的面孔吸引了不少人的目光，巷子远处高耸的钟楼吸引着我。没多久雨就停了，天空像刚被清洗过，连一片白云都没有。我们朝着那座钟楼走去。

有人说古巴是“铁打的制裁令，流水的老爷车”，我去古巴之前绝对想不到这里老爷车文化是这么浓厚，不论是家用还是商用，

五颜六色的街巷尽头的钟楼

老爷车都占据了路面上行驶的交通工具的一半。自 1962 年美国正式对古巴进行经济和金融封锁，直到2011 年古巴废除了汽车进口禁令，长达半个世纪的时间里，古巴街上一直行驶着二十世纪五六十年代的汽车。虽然越来越多的进口车涌入古巴，但古巴人对老爷车的热情始终没有消退，这也是他们谋生的手段，因为多数老爷车会被当作出租车或是观光车，而且价格比正常出租车要贵得多。福特、雪佛兰、别克也是较古老的那一代车标，像普利茅斯、庞蒂克之类的车标是我后来查到的，甚至还有一些车标我至今不知道叫什么。

多数老爷车是翻新过的，各种夸张的颜色都可以见到，甚至有些车漆里好像还被添加了珠光粉。通常在某些人流密集的地方，你会看到一栋古老的欧式建筑前停放了一长溜儿颜色各异的老爷车，甚为壮观，也会让人心情大好。想和这些爷爷辈的机器合影不成问题，你坐不坐都没关系，车主若是没招揽成你这单生意，大多也会和你打趣几句。有时候拉美人也很话痨，多聊几句之后，你可能自然也就上车了。我感觉他们这种方式比其他国家那些“不熟装熟”的营销手段更能征服游客。

老爷车表面上虽然一尘不染，但内部该多旧还是多旧，坐上去的体验可能连北京的公交车都不如，可你要说来北京的游客不喝豆

一长溜儿颜色各异的老爷车

汁，我信；到了古巴不坐老爷车的游客，一定是凤毛麟角。

我和拓来福被一个会说英语的当地人忽悠进了一辆紫色的庞蒂克，车顶上挂着“TAXI”的标志，很明显，这辆车是合法的。后座很软，人坐上去像是陷进了一张皮质沙发，虽然车子还没启动，但浓重的燃油味就弥漫在车里，浓到还没出发我就有点儿晕车。正副驾驶位也是连体的，前排其实也是一张皮质沙发。中控台有时速表、转速表、一个巴掌大小的时钟还有两个圆形出风口，我不太相信那个年代汽车就可以温控出风，所以说不定这两个圆形的装置是扬声器，或是后来被改装上去的。

前排上来了两个人，忽悠我们上车的那个人坐在了副驾驶座，我猜测他是附近为司机招揽生意的人，游客付钱之后他会从中抽成。

我们并没有明确的目的地，通常坐这种车的人也多是游客，只是想环城观光罢了。司机想必也知道乘客的需求，经过的地方多数是《速度与激情 8》的取景地，副驾驶座那位老兄也会不停地告诉我们：这是《速度与激情 8》里出现过的地方。轰鸣的发动机让我们只得嘶吼着对话。

行程快结束时他问我们是否还要停到上车的地方，我答道：“带我们去个能上网的地方吧。”我已经将近 24 个小时没有上网了。

2017 年，古巴并不是完全不能上网，但据说全国也只有不超过 300 个地点能连接到网络，譬如大学门口或是某些广场。后来我们甚至在比尼亚莱斯某个当地集市的角落里发现过网络，这种感觉就像去寻觅口袋宝藏。想找上网点其实也不难，若是你看到有人坐在某处低头看手机，那就是这里无疑了，因为离开此地，手机就成了多余的玩意儿。

除此之外，通常这些地方也会游走着几个兜售上网卡的人，他们会假装不经意地从你身边走过，低声来一句：“卖卡，卖卡。”这里上网按小时收费，我们买到的上网卡 3 美元 1 小时。上网卡就是一张银行卡大小的硬纸片，背面有两条涂层，刮开之后有用户名和密码，用手机连接无线网络后，输入这两串数字即可。但连接网络的过程通常要耗费三到五分钟，连接成功之后，网速也慢到感人，这使我想起了儿时的拨号上网，二者唯一不同的是：在古巴上网，还得喂蚊子。

多年前，全社会都在为“网瘾”少年发愁，但智能手机普及之后，“网瘾”一词好像也跟着消失了，从那以后，没有人再拒绝网络。网络是我吃饭的家伙什儿，在断网几十个小时后，我彻底失去了安全感。

励志青年——古巴小刘

我一直觉得戴大金链子和小手表，配上小烧烤的话，一定是“社会人”，但配上雪茄，肯定就成了“上流社会人”。我们去的比尼亚莱斯就是古巴雪茄的主产地。

不管是参加旅行团还是自由行，参观雪茄农场都是在比尼亚莱斯最值得做的事情，但自由行的好处就在于可以买到烟农亲手卷的最土味的雪茄。我对雪茄的品鉴没什么经验，只知道和吸烟不同，雪茄吸进嘴里的烟雾是不能过肺的，抽雪茄的乐趣在于品味残留在口腔和鼻腔里的味道，通常要配上极薄的火腿切片和威士忌，可能和“花生米与豆干同嚼有火腿味”是一个道理。

清晨，民宿老板敲响了房门，她身后站着一位二十岁出头的小伙子，略微驼背，说是可以带我们去农场徒步。他是土生土长的农场主儿子，熟悉那里的一草一木。小伙子英语说得很流利，但轻声细语的，拿出手机翻出了农场的照片。说实话，看到照片的时候，我立刻就被吸引了。

至今，我已经忘记了他的姓名，暂且叫他“小刘”吧。出发前我问他能否航拍，他告诉我完全没问题。在老爷车上颠簸了半个钟头，我们来到了比尼亚莱斯山谷的边缘，接下来就要步行了。

小刘似乎比我还要急于航拍。他总是凑在我身边一直盯着监视器，几度欲言又止，我大概明白了他的意思，便把遥控器交给了他，简单告诉了他如何操作。他如获至宝，却不敢放开操控，调整遥杆也只是微微移动。

他可能从没用这个视角观察过自己的家乡，无人机降落之后，他问我：“能不能拷贝一份视频给我？”

“可以呀，晚上你可以带着优盘来我住的地方。”我知道，这么大的素材肯定不能用网络传输的，那可能会耗尽我多半的存款。

“前面就是我家，你可以放到我的电脑里，顺便喝杯咖啡休息一下。”

这突如其来的邀请让我立刻警惕起来，因为航拍的时候我发现山谷里只有零星几座房子，其余大部分是农田，是非常标准的“荒山野岭”。我问拓来福：“要去吗？”

“去呗。”显然拓来福并没有多想。

“那千万别乱吃乱喝！”我嘱咐道。

航拍之后，小刘的话明显多了。我问他是怎么学的英语，

人烟稀少的比尼亚莱斯山谷

在山谷里跋山涉水

他说是在电脑上自学，已经学了一年多了。

穿过一条泥泞的小路，随着一阵鸡飞狗跳，我们来到了他家。这是几间很简陋的房子，两栋白灰粉刷的房子中间用几根横梁和石棉瓦搭成了一个小棚子，也成了连接两栋房子的通道。棚子下的木桶上坐着一个戴着蓝色棒球帽、瘦骨嶙峋的老头，穿着一件已经看不出本色的衬衫，面部黝黑，皱纹堆叠，两只眼睛却亮得很；老头身旁站着一个体态丰腴的大妈，也是黑黑的皮肤，戴着眼镜。两个人正在聊天，院子里满地跑着鸡鸭鹅狗。

见我们过去，大妈笑着迎了过来。小刘对我说："这是我的父母。"我和拓来福用英语试图和她打招呼，显然她不懂英文，她依然说着西班牙语，但我知道，这是欢迎我们的意思。

小刘和他父亲交流着什么，我无意中录到了这幅场景，回来翻看，发现老人家全程微笑着注视儿子，两只眼睛慈祥无比。这可能也是为什么我放松了警惕，欣然接受了小刘母亲端出来的咖啡和红薯干。语言的障碍让我和拓来福略显尴尬，我们也只能用吃吃喝喝来表达对主人的感谢。

小刘让我进屋，希望我将刚才航拍的视频拷贝给他。屋子里也很简陋，地上零散地摆着三五个盆盆罐罐以及用一块大木板搭成的餐桌。小刘从里屋拿来一台笔记本电脑放到了餐桌上，我注意到这是一台 DELL 的笔记本电脑，一尘不染，就像新的，但键盘和触摸板明显有"盘"过的痕迹。WIN8 系统，桌面上排列着 11 个图标，除了“我的电脑”“回收站”之类的必要软件外，还有几个视频转码和剪辑软件，再有就是——“愤怒的小鸟”。粘贴文件的时候，小刘给我展示他的收藏，多是一些风景的图片，或是一些友人的自拍。他问我，一会儿再有航拍能不能发到他的邮箱，我同意了，但我依然很好奇他将如何获取视频。我没有问，但希望他能看到这些视频，也给他爸妈看看。

小刘的父亲和他的朋友

这个下午，我们体验到了最质朴的温暖。辞别了小刘父母，我们继续向雪茄农场前进，需要穿过几片泥泞的农田以及好几座岌岌可危的独木桥。

“你说他是怎么从电脑上学英语的呀？”拓来福问我。

“其实古巴有好多卖资源的人，他们从国外下载好一些电影或是其他什么来古巴卖，他可能买了英语课程吧。”这也是我听朋友说的。

在一无所有的小刘面前，我的极度自信和暗暗自卑让自己变得更加渺小。

更贴切地说，雪茄农场就是一个晾晒棚，可能市面上带品牌的雪茄并不在这里制作，但所需的烟叶应该都是从这些晾晒棚里收上去的。

小刘带我们来到了山谷最开阔的地方，一大片农田包围着一个晾晒棚，屋顶用石棉瓦搭建成三角形，从上至下直接连接地面，房子的正面和背面则是用看上去像稻草的东西包裹着，似乎故意开了几处洞用于通风。房子里，无数根贯穿棚子的横梁上搭满了已经呈焦黄色的烟叶。几根圆木搭成了一张单人床大小的床面，旁边还放着一张和床板同等高度的板凳，地面上随意堆放着一些必要的农具，除此之外再无其他。

我们走进棚子的同时，进来了另一个人。逆着光我没看清太多细节，只知道他戴着一顶草帽，肩膀上背着一个大大的麻袋，进来后就把麻袋放到了那张圆木床板上，并和小刘交谈着。这时候我注意到了他，这人叼着一支点着的雪茄，上身穿着一件灰色粗布衣服，身前的扣子系得很整齐；下身穿着卡其色粗布长裤，膝盖以下的裤腿被塞进了两只长长的黑色雨靴里，雨靴上满是泥巴。虽然判断不出他的年龄，但是我感觉他的皮肤红润光滑，肤质完全不像被烟草摧残过的样子。

小刘说，他是这里的烟农，要为我们展示如何制作雪茄。这烟农大叔可能是个慢性子，动作很慢，坐在床板上从麻袋里往外掏东

烟农大叔

航拍时被围观

西。他拿出一个棕色的玻璃瓶，拧开瓶盖后倒扣在床板的两根圆木中间，又拿出一把塑料小勺——就像是在肯德基吃土豆泥的那种。紧接着他掏出一个鼓鼓囊囊的塑料袋，打开塑料袋之后，认真地挑选出了几片烟草，分成了三份，把它们放到了床边的板凳上。

烟农大叔先是拿起三份中最多的那份向我们示意，眼神很清澈，嘴里一直叼着那根没有冒烟的雪茄，然后在板凳上将这把烟草搓成了圆柱形，放到了第二份烟草上。第二份是一片完整的叶子，感觉很厚，但质量仿佛比第一份好了不少。烟农大叔用这片叶子包裹住搓好的圆柱，继续搓了几下放到了一边。这时他拿起放在一旁的玻璃瓶。我一直好奇这里面究竟装了什么，看上去像是空的，他却将勺子把伸进瓶口掏着什么，掏了几下之后，将其涂抹到了第三份烟草上。小刘告诉我，那是蜂蜜，因为快用光了，所以倒过来弄。第三份是一张很薄的烟草，叶脉十分清晰，几乎是半透明的，就像是多年前的早点摊上用来包油条的那种被油浸透的黄草纸。烟农大叔把之前做好的那根圆柱放到这片烟草上，小心地卷起来并搓了几下，最后在这根圆柱的一端拧出了一个尖，向我们示意——一根雪茄做好了。

大叔用雪茄剪把尖尖的那头剪掉，示意我们尝尝。还是那句话，雪茄是不能过肺的，只是品尝残留在口腔和鼻腔里的味道。点燃一根火柴，我嘬了几口马上吐出来，只觉得嘴里好像多了不少沙子，味道也又苦又辣，不过很醇厚。我又嘬了几口，感觉口腔里开始分泌液体，立刻吐出来也许会显得不太礼貌，于是我咽了下去。拓来福也很想尝尝，但几声剧烈的咳嗽之后，我就再也没给她了。

最终，我们花了 20 美元买了 30 根土味雪茄。虽然吸烟百害无一利，但不买点儿大叔的东西，我和拓来福总觉得过意不去，再有，夏天快到了，带回家熏蚊子用也是极好的……

后记：

回国后，我把其他的航拍视频发到了小刘的邮箱里，可至今没收到他的回复……

CHAPTER 11 古巴：

我们跟老爷车较上了劲

作者：拓来福

关于古巴，你不可能不知道三个男人：
卡斯特罗、切·格瓦拉，还有海明威。
上大学的时候，我自诩文艺青年，
当时梦想能去海明威居住过二十二年的哈瓦那，
似乎这样就可以让自己的文青气质浑然天成。

可是后来，我去了古巴，却不是因为海明威，
因为成年人的旅行，再也不需要理由！

五分钱小酒馆里倒挂的椅子

一把倒立的椅子

那是当时最遥远的一次旅行，加上在巴黎转机的 10 个小时，我们整整在路上度过了 1800 分钟，把时间细化成分钟，是否更能感受到漫长？可是当我在哈瓦那机场落地，我发现时间还是在出发的那天，只是从清晨变成了夜晚，这种感觉妙不可言。

你看，时光在古巴倒流了。

出机场后，当第一辆老爷车出现在眼前时，我们仿佛穿越回了二十世纪七十年代。直到在黑漆漆的夜晚，高举着我的名牌来接机的小伙子被警察带走的那一刻，我都有点儿恍惚。这一切太不真实，甚至没有给我足够的时间来反应。

这不是《速度与激情 8》的戏码，完全是《宿醉》古巴的一夜。

我们订的民宿藏在古老的巷子里，在黑压压的一排老屋里并不起眼，狗吠和猫叫声此起彼伏。女主人早在路边等待，献上热情的拥抱，我们向她道歉，遗憾地说“司机被警察带走了”，她立刻压低声音说着什么，迅速带我们进了房间。房子很老旧，地板咯吱咯吱地响，我们轻手轻脚地放下行李箱，一阵恍如隔世的感觉涌上心头。我依稀记得，直到抬头看到墙上有一台空调时，自己才驱散了这一切错觉。

我对素满多说：“我们还在二十一世纪，是吧？”

第二天，太阳照常升起。

民宿老板早已为我们准备好了早餐，当我透过民宿漆红色木门的缝隙望出去，我发现昨晚黑压压的一排小房子竟然变戏法似的换了装，五颜六色地在阳光下跳跃。哈瓦那的日与夜差距太大，让人不禁生出一阵雀跃和欣喜。没错，这才是哈瓦那！我们吃完早餐就迫不及待地出了门，沿着老旧的街道前行不到 100 米的距离，有一家小酒馆被人群紧紧围住，蓝色的外观在小巷里非常显眼。我兴奋地凑上前去，原来是 La Bodeguita del Medio，我一阵狂喜，这不就是海明威经常光顾的那家“五分钱小酒馆”嘛！

世事难料，当以为成年后的自己被世俗包裹，脑子里满是柴米油盐酱醋茶的时候，你还能和年少时的憧憬不期而遇，这是多奇妙的感觉。我拉上素满多绕过人声鼎沸的吧台径直走到里面去，小酒馆很有特色，每面墙上都写满了顾客的留言，甚至房顶上都有。

小酒馆并没有什么特别，完全拜海明威的声望所赐才如此火爆。

五颜六色的哈瓦那老城

不过据说海明威来这里只是喝酒，最爱喝的酒叫作莫吉托（Mojito），我点了一杯。酒保熟练地把青柠汁与糖浆和薄荷叶混合，然后用捣棒将混合物轻轻捣碎，配上冰块和苏打水，再加入朗姆酒简单搅拌，最后在玻璃杯口夹上一片青柠用作装饰。酒保的动作行云流水，一气呵成。据说这家小酒馆卖出了全古巴将近一半的鸡尾酒。我轻啜一小口，清凉入心，怪不得海明威说“古巴的朗姆酒陶醉了我的肉体和灵魂”。只是，素满多嫌它度数低不带劲，还是坚持点了一杯威士忌。

如果你是细心的人，便会发现每一张餐巾纸上都印着海明威的一句话：“我的莫吉托在五分钱小酒馆。”

我们坐在里间的角落里，正前方的屋顶上悬挂着一把倒立的椅子。旁边桌子旁的老人看我们好奇，慢条斯理地讲起了它背后的故事：

小酒馆是在第二次世界大战期间开业的，有一位经常来喝酒的小伙子即将参军，在出发前告诉酒保，把他常坐的椅子倒挂起来，待他凯旋时，还能再来一杯莫吉托。可是他再也没有归来，椅子就这样被挂至今日。

这样的故事让小酒馆变得像一本历史书，好似墙上顾客留下的每一笔都能流淌出一段独特的人生。听完故事，我们为老人点了一杯莫吉托，请他喝。老人眨眨眼，轻声说："外面随便一家的莫吉托又大杯又便宜呢！他们家的黑豆饭才是独一无二的。"

听完这话，我们不约而同地笑了。

《遭遇海明威》里有一首歌就叫《来杯莫吉托》，歌词慵懒有趣：

人生变幻莫测，谁能面不改色？
今宵初来乍到，先喝两杯如何？
来杯来杯莫吉托，浅色最诱惑。
酒精的海洋，美丽的旋涡，幻觉的泡沫。

美酒、音乐、具有温度的故事，还有能一起喝一杯的陌生人。

我们在古巴的第一天，刚刚好。

坐老爷车不如跳舞

我们从小酒馆出来时，正午的阳光洒满了整条巷子，这些被岁月侵蚀的老屋，苍老肃穆的建筑，还有精致绝伦的雕饰突然变得鲜亮耀眼起来。我们沿着巷子漫步，欣赏着当下的古巴浮世绘。虽说这里是旅游区，但是街头巷尾的生活气息异常浓烈，有人站在自家二楼的阳台上，冲着楼下卖水果的孩子喊一声，用绳子放下来一个装着钱的竹筐，孩子拿上钱，放满水果后的竹筐又被拉了上去，好生有趣。

好像莫吉托的后劲开始上来，我的脸颊渐渐泛红，素满多打趣说像是猴屁股。微醺的我突然在老城的巷子里撒欢一般跑起来，他跟在我身后哭笑不得。老城区随处可见街头表演艺人，从青年人到老者，两把吉他加一个沙锤就能组个小乐队开始演奏谋生。西班牙民歌与黑人歌舞混合成的古巴音乐既欢快又有质感，夹杂着加勒比海的奔放，每个人都可以随时跟着节奏扭起来，包括我在内。趁着些许酒劲，我跑到乐队中间开始跟着摇摆，敲着锣鼓的老爷爷顺势把我拉到了他们小乐队的“C 位”，我的手里不知被谁塞过来两个小沙锤，头上还被戴上了一顶小礼帽。我像是被古巴人感染了，你看，他们的幸福来得直接又简单，一杯啤酒，一曲音乐，随便跳上点儿什么，日子就这样欢乐地过去，而你只需要付出几块钱当小费。这样明码标价的快乐正合我意，够简单、够直接。

古巴永远不缺少娱乐项目，看古董车从老旧的殖民建筑前驶过，听街道中回荡着的伦巴节奏，去木造的酒吧里感受雪茄烟的氤氲缭绕……不需要看手机的日子里，我们好像来到了一片与世隔绝的桃花源。古巴是一座鲜活的老爷车博物馆，这里的车辆没有报废年限，兴许你随便拦住一位开着老爷车的小伙子，他会告诉你其实老爷车是他爷爷的爷爷留下来的。

对我来说，坐老爷车不如跳舞。

我们民宿隔壁就是一家舞蹈学校，面积不大，不时有游客过去学跳舞。素满多说这是无聊到一定程度才会去做的事情，可是我想去，他便从了我。

古巴最出名的是热带舞，自 1939 年开始风靡世界，融合了拉丁美洲和非洲舞蹈的热烈和豪迈，非常狂放不羁。音乐和舞蹈是古巴人民像加勒比海一般热情的内核。我俩按照预约时间提前十分钟过去，刚巧遇到当地的四对男女跳伦巴，的确是热烈浓郁、激情四射，好像他们的每一寸肌肤都在抖动。我弱弱地问素满多："等一下他们也要这样教我吗？我们……要不要走？"

"你别忘了，你报的只是初级班。"素满多偷笑了一声，"别怕，我还在呢。"

我俩正聊着，他们四对扭动着臀部就朝我们冲过来了。最左边的男士一边跳着舞步前行，一边摆了摆右手，示意我们赶紧让开。

我和素满多抱起相机迅速离开战场，只见后排的男生们跟随着音乐的节奏把女生们挤到墙边，贴近上身从上一直扭动到女生们的腿部，然后起身接着跳舞。

舞蹈结束了，贴面吻别之后，四个女孩子兴高采烈地离开了。终于轮到了我的舞蹈课程，刚才跳舞的四个男孩子里，看起来最憨厚可爱的那个招呼我过去。

他问：“会跳舞吗？”

我答：“会一些，比如爵士、街舞。”

他看起来很开心，举起手和我击掌：“那，我们开始吧！”

当音乐开始，他真的和刚才的热情似火不一样，像是在教幼儿园的小朋友一般，从零开始了。我跟着他开始扭秧歌般来回走动，坐在一旁拍照的素满多笑个不停。

街头表演

学跳一支古巴舞

想坐大巴不容易

去 Vinales（古巴哈瓦那西边的一个乡村小镇）的大巴，当天只有一班，全程需要将近4个小时，12美元。这是全古巴最好的旅游车，有一个响亮的名字：中国宇通。当地人如果要出行，通常习惯说“我要去坐宇通了”，而不是“我要去坐大巴”。宇通在古巴的大巴占有量达到了95%，我们在古巴坐中国大巴，带着点儿自豪感。

两个月前，我就在网上预订好了车票，毕竟我是一个周全的人，但凡旅行中的事情，都不需要素满多操心。只是我的周全完全阻挡不了古巴的洒脱和随性，我们提前半小时来到大巴站，却足足等了将近两小时，最后被告知大巴坏在了半道上，正在抢修。古巴位于加勒比地区，常年高温、高湿、高盐的海洋性气候很容易导致车辆材料受腐蚀，当地人对此早已习以为常。陆续有外国游客去退票，我和素满多又耐心地等了半小时，望眼欲穿之后，不得已也加入了退票大军。我们终归没有好运气坐上中国宇通。

在古巴想退掉一张大巴票并不容易，必须到一间专门的办公室，拿上自己的网上订单和护照，在办公室门外排队。办理退票的只有一位工作人员，而她慢条斯理并不着急。和我一起排队等着退票的还有一位满头紫发的欧美大妈。

她很酷，并不主动和我攀谈，只是偶尔吐槽说“太慢了，这就是古巴”，或者说“天哪，为什么这么慢，古巴太糟糕了”。终于轮到我的时候，我示意先让英国大妈进去，她感激得要跳起来。

轮到我退票时，整个过程滑稽极了。

我客气地对工作人员说：“请快一点儿。”

“为什么？”工作人员是一位年长的女性，反问道，“小姑娘不要着急，慢慢来事情才能做好。”接下来，她拿出我的护照，在笔记本上一笔一画地写我的名字，然后偶尔扭头和后面的年轻人聊上几句，再大笑几声。

十分钟过去了……

她们并没有电脑，一切都是用纸笔解决，退一张票的时间够我吃一顿烛光晚餐了。

当我也退完票出来，找到坐在后面的素满多时，他正在和一位斯文的大叔攀谈。看到我之后，素满多兴奋地招呼我过去，要介绍大叔给我认识，而我一眼就看到站在旁边的冷面紫发大妈。她也看到了我，笑起来，一把抱住我要贴面吻。

大叔惊讶地问："你们认识？"

"不、不认识，但是刚刚她帮助了我。"大妈很开心。我笑了下，看向素满多。素满多说他和大叔很投缘，聊了很多很多。大叔他们来自伦敦，二十世纪九十年代时就去过中国。

大叔突然挺了下背，很骄傲地向我介绍："这位，是我的老板！"

素满多想也不想，指了下我："那，我的老板在这儿！"

于是，我们都笑了。

后来我们一起租了辆老爷车去Vinales，紫发大妈有点儿胖，主动要求坐在了副驾驶座，我坐在大妈的身后，从反光镜里看到她的紫发在狂风里飞舞，有点儿朋克。老爷车实在是太老太破，开快了像喝了酒的醉汉一样摇摇晃晃，风太大，我几次想关上车窗都失败了。我们三个人挤在后排座位，车开得很快，大风吹得脸都变了形。我和素满多无奈地看向彼此，又突然笑出了声。有那么几分钟，我甚至担心车门突然自己打开，于是我紧握着车窗上的扶手，不敢放开。

古巴的暴雨说来就来，雨水噼里啪啦地从窗户钻进来，打在我的脸上。司机突然靠路边停了车，下车后绕到我的窗户边，然后用双手生生把玻璃拔了出来。

不得不承认，我惊呆了。

后来，我们又去了几座小城市，特立尼达，还有圣克拉拉。每一座城都有它的味道和气息，特立尼达的人们把房子刷得五颜六色，让人看了少女心泛滥，像掉进了夏天的冰激凌乐园，就是这些鲜艳的色彩，吸引了来自世界各地的人们；圣克拉拉到处是切·格瓦拉的画像和涂鸦，这里也是埋有他遗骸的地方，所以这座小城还有一个名字：切·格瓦拉市。

当我们决定从圣克拉拉返回哈瓦那时，果断放弃了大巴，也无奈地放弃了退票，在路边找了一辆 taxi。车还是老爷车，司机是一位身高一米八五的大花臂。花臂大哥很开心遇到这样的好生意，哼着小曲就出发了。他甚至给我们打开了空调，这样的待遇在古巴并不常见。可惜好景不长，开了不到一小时，老爷车突然慢了下来，花臂大哥下车打开发动机盖，不断摸索着，然后走过来跟我们道歉，让我们不要着急，说马上就会好。路两边是庄稼地，一望无际，渺无人烟，太阳很大，花臂大哥不一会儿就汗流浃背。他跑到庄稼地里找了几根小木棍回来继续摆弄，然后试了一下，车并没有发动起来。他叹了口气，开始站在路边拦车。很快停下来一辆车，司机是一位看起来很精干瘦小的男子，帮花臂大哥看了眼发动机，两个人又认真地研究了一番，直到确认毫无希望之后，第二位司机就帮我们拿下行李要装上他的车。我突然警觉起来，回头问花臂大哥多少钱，他说还是刚才说好的价格，给第二位司机就好。然后他不断说着抱歉，并没要一分钱。这反而让我不好意思起来。

我和素满多总算松了口气，还有三小时的路程要走，希望不会太晚抵达哈瓦那。

这同样是一辆老爷车，可是感觉比刚才那辆轻快多了，疾驰的样子让我备感欣慰。

我扭头对素满多说："我们还是很幸运的。"

可是，永远不要对老爷车抱有希望，在开了40分钟后，这辆车也光荣熄火了。这位司机很干脆，像是对自己的车有十足把握，根本没有尝试修理的意图，立刻站在路边帮我们拦了一辆车。

我问第二辆车的司机："请问，要付您多少钱？"

"不、不需要。"司机连连摇头，"真的很抱歉，耽误了你们的旅程。"

我和素满多还没有反应过来这一切，就坐上了最后一辆车。

当时已然临近黄昏，我们落座后排稳定了下心神，才从方向盘上的logo注意到，这竟然是一辆奔驰商务车。司机穿着白衬衫、黑

坏在路上的老爷车

西服，甚至戴着白手套。我们惊讶了，在古巴遇到一辆奔驰的概率，简直和被流星砸中的概率一样高！我俩忍不住一阵狂喜，互相安慰说，虽然耽误了一个多小时，经历却是独一无二的。更让人不可思议的是，最后奔驰车司机收了最初我们和花臂大哥谈妥的价钱。

古巴是神奇的，这个被封锁的国度有着捉襟见肘的资源、无可奈何的窘迫困境，更有如同热带阳光般的炽热和性感。最后一天我们离开古巴的时候，另一家民宿老板坚持要我们选择他推荐的“黑车”司机。司机为了让我们看起来更像是朋友送别，特意叫上了他的老婆陪同，在机场和我们告别时，他们送上了贴面吻。

吻别了，古巴。

后记：

2020 年 6 月，周杰伦出新歌了，叫 *Mojito*（Mojito 是一种传统的鸡尾酒，此处为歌名）：

拱廊的壁画，旧城的涂鸦，所有色彩都因为她说不出话；

这爱不落幕，忘了心事的国度，你所在之处孤单都被征服。

这首拉丁风情的曲子，把我再次带回了微醺又慵懒的古巴街头。

它是如此上头。

CHAPTER 12 尼泊尔:

一别六年，再见了女神

作者：素满多

时隔六年重回尼泊尔，
这次我走进了烧尸庙的另一端，看浓烟滚滚。
尼泊尔人相信这是轮回的起点，
而我固执地认为——
只有在悲痛里才能接受亲人离去的事实。
悲痛慢慢地融入骨髓，
变得再也感受不到了。

喜马拉雅山脉

再遇尼泊尔

2018 年初，我第二次来到了尼泊尔。

这个时候我已辞职了一段时间，自信地走上了自媒体的道路，却开启了另一种迷茫人生。而拓来福还坚守着工作岗位，毕竟过日子总要有一份稳定的收入。我整理过之前的素材，出了几期视频节目以后，很快就有公司找到我谈签约的事，这也给了我不少坚持下去的信心。但不论是资金还是素材，我都一直在吃老本，工作几年间的积蓄还够我折腾一阵，但视频素材着实不够了，我便盘算着再出去一趟。

我首先想到的是尼泊尔，因为熟，这么说也仅仅是因为跟着旅行团去过一次，再有就是，我曾和勾姐他们相约再去一次。我在微信群里问他们要不要同行，很可惜，我计划的时间他们都已有安排，但勾姐提醒我："可以问问高老师。"

通常"老师"有三种含义，第一，职业；第二，实在想不出别的尊称了；第三，用作寒碜人的调侃。我想"高老师"可能是属于第三种。他是我上次从尼泊尔回来后，勾姐介绍给我认识的朋友，一个比我大六岁的大哥，典型的北京老炮儿，语速惊人，车轱辘话来回转，我听他说话脑浆子永远是沸腾的。我们初次见面是几年前了，在他开的烤肉馆，那时他还是个很敦实的胖子，接下来的几年我们几乎没见面，但一直保持着联系。这次我约他去尼泊尔，他很痛快地答应了。

我再见到高老师时，虽然他看上去依然那么敦实，但身上的肥膘已经变成了肌肉，他说这些年他一直在练 MMA（综合格斗）。我在想，这次旅程自己吃点儿亏没关系，可千万别惹他生气……

Hi，女神！

2015 年 4 月 25 日，尼泊尔发生 8.1 级地震，当时我正在乌鲁木齐准备转机去土耳其，看到机场电视上的新闻，心里百感交集。毕竟这是我第一次出国去的地方，心里还是有一些难过，尤其是见到电视里加德满都满地狼藉时，我心想：这辈子可能再也见不到那些古迹了。上一次在尼泊尔的照片我也打印出不少，我想根据照片找到那些古迹，前提是它们还在。

我们依然是从加德满都启程，提前包了一辆车和一位司机，下了飞机就上车，无缝衔接。抵达酒店时还不到中午，下午的行程就是在酒店旁的杜巴广场转转，但我临时做了个决定——去找女神。

尼泊尔有一位“活女神”，六年前我曾在她的阁楼下见过她一面，几乎所有尼泊尔旅行团会有这个项目，但游客能不能见到阁楼上的女神就要靠运气了。我们的运气还不错，当时导游冲楼上喊了几声之后，女神就来到了窗前。我只记得女神是个白白净净的小姑娘。

但是地震之后，活女神就不住在这里了，因为这栋阁楼随时有坍塌的危险，现在加德满都有不少建筑也靠木桩支撑着，木桩上都贴着“禁止穿行”的告示。

“活女神”在尼泊尔被称作库玛丽，在尼泊尔语里就是“处女”的意思，库玛丽是个悲惨的存在。库玛丽的出现要从十六世纪尼泊尔的马拉王朝说起。相传智慧女神每天都会来找国王玩，也可以理解为每天和国王谈谈心、给国王上上课。想有女神陪伴也不难，只要满足以下两个条件：一、你得是个国王；二、除你以外，不能再有凡人看见女神的真面目。国王答应了，一人一神一直玩得挺好，直到有一天，王后出现在了课堂上。王后的想法其实很单纯，她只是想看看国王成天在做什么。但这惹怒了女神，女神对国王说：“你完犊子了，老娘，哦不，本尊回家了，不会保佑你了，你自学吧！”国王苦苦哀求，祈求女神不要离他而去，女神最终同意了，但只能化身成一个释迦族女孩。这个女孩也不是轻易就能找到的，要符合32项特征，比如身体不能有任何伤疤、从未生过病等，一旦初潮来到，她就要“退休”，所以女神会在3到14岁的释迦族女孩中选择，一旦退休，则会由新一任女神接替。

成为活女神的孩子会住进女神庙，并且只能住在阁楼上，因为她的双脚绝对不能接触地面，出门必须由人背着或抱着，自然她是不会有小伙伴的。一些重大的节日，女神会坐着车来到大庭广众之下供信徒瞻仰，但也只能面无表情地看着凡人们对她顶礼膜拜。退休后的尼泊尔活女神大多生活悲惨，童年所接受的教育以及生活环境已经让她们难以融入社会。另外，据说凡人迎娶了退位的女神会遭遇厄运，自古以来女神大多孤独终老。但也有个例，据说曾有某位女神不但考上了大学，还和丈夫幸福地生活在了一起。

尼泊尔很多地方有当地的活女神，但加德满都的应该算是尼泊尔的“首席女神”吧。

我凭着记忆再次来到了女神庙，想问问如今库玛丽住在哪里，但没有得到明确的答案。我想找到女神的家，但高老师似乎兴趣不大，因为他觉得这件事不那么容易。

出租车司机说不定知道女神的住址。

我问一位想招揽我们上车的司机：“可以告诉我库玛丽家在哪里吗？”

“库玛丽？”

“对，她家”

“库玛丽宾馆？”

“不、不、不，H–O–M–E，家。”

“有地图吗？”

又围过来几个司机，他们交流了几句，其中有个年轻人表示，他可以带我们去，几经砍价，这单生意最终以500卢比（约25元人民币）成交。加德满都的空气向来不太好，我觉得多少是因为过多的摩托车尾气，我们就在复杂的交通环境中穿大街过小巷。

“我觉得他在绕圈儿。”坐在后排的高老师对我说。

“我方向感不好，你说什么就是什么吧。”我心思不在路上，而是一直在设想一会儿见到女神该说点儿什么，“一会儿见女神可能要拜，还得给钱。”

“给多少？”

“给个500、1000（卢比）的呗。”

“拉倒吧，我没兴趣。”

高老师的女儿比女神大不了几岁，我能理解他的心情。

大约半小时后，车停在了一个不起眼的院门口，司机告诉我们这就是库玛丽家了。门房里站着三个男人，其中一个年纪较大，戴着一顶尼泊尔的传统“小花帽”，虽然叫小花帽，但它不一定是花的，也有一些单色的，但这位老先生戴的的确是花的。

我走上前问道：“我可以见库玛丽吗？”

这老先生很和善，没有回答，歪了一下头，意思是让我跟他走。

这是一个和女神庙差不多大小的院子，天井正中有一座神龛，四周也都是阁楼，墙体橙红，门窗都是黑色的。

我们刚进院子，阁楼上就传来了一阵笑声——其实我辨别了很久才听出是笑声，总之听起来很奇怪。

高老师再次表示他不想去见女神，而是想一个人在天井自拍。

我随着那老先生走进了一侧的房门，里面光线昏暗，一面墙上挂着库玛丽的半身照，已经褪色了，另一面墙上挂着一幅巨大的弥勒佛像，还用汉字写着“笑口常开”。

我又问老先生能不能见到库玛丽，但他依然没有回答，只是微笑着指着墙上库玛丽的照片，手里不断比画着。我意识到他可能是个聋哑人。

这时从楼上走下来一个男人，我一眼就认出来这是库玛丽的爸爸，因为他曾出现在很多视频和照片上。我双手合十说了声“namaste”，这是尼泊尔语“你好”的意思，他也很有礼貌地回礼。

我一时不知道该说点儿什么，没话找话：“您是库玛丽的父亲吧？”

“对。”

“我能见见库玛丽吗？”

“库玛丽退休了。”

“哦，太遗憾了……那新任库玛丽什么时候上任呢？”

“两三周之后吧。”

“哦……”库玛丽的父亲似乎并不太欢迎我，多一句话也不说，我也被噎得无话可说，气氛一下凝固了。

“想看库玛丽吗？”她父亲又突然问道。

“想！”我不知道此时的“库玛丽”指的是谁，不过管她是谁呢。

“跟我走，脱鞋，上楼。”

我爬上一段逼仄的木质楼梯来到了二层。房间很小也很矮，两张地毯就铺满了整间房，墙上挂满了库玛丽的照片，一面墙边放着一把椅子。也就是我刚爬上楼梯见到房间轮廓的时候，从一扇小门里慌张地跑出一个女孩坐到了那把椅子上，简单整理了一下穿在身上的那件红色长款棉服。

不用介绍了，这就是女神库玛丽，六年前我们曾有过一面之缘，但她肯定不记得我。一个受万人膜拜的“人间女神”就在我面前不到两米的地方！我一时间想不起类似“福如东海，寿比南山”这样的话该如何翻译成英文，于是我们又开始了新一轮的“尬聊”。

“这是我六年前拍的照片，六年前我来过。”我从手里那本《孤独星球》里翻出打印好的照片给她爸爸看。库玛丽毕竟是个孩子，也想凑过来看看，但马上又躲了回去，正襟危坐，她爸爸看了看照片也只是点了点头。

“这是你们的房子吗？您女儿真好看……”我没词了，但还是希望库玛丽能跟我说句话或是笑一笑，毕竟她已经退休了，笑一笑应该不碍事。我微笑着看着库玛丽，而她一言不发、面无表情。

“namaste”，这个词在告别的时候也可以用到，尴尬了一两分

“退休”的女神

钟后，我双手合十轻声说了一句，之后就下楼了。

我来到天井，高老师正拉着刚才那位老先生自拍，看我回来了问道："看完了？有什么特别的吗？"

"挺漂亮的一个小姑娘，就是太可怜了。"

"拜了吗？"

"没有。"

"给钱了吗？"

"哎呀！忘了！"

我们离开那院子的时候，又听到了那阵奇怪的笑声。

出了院子，我和高老师走了不到 200 米，竟然又回到了刚才上车的地方……

目睹"烧尸"

我又一次来到了帕斯帕提那神庙，生与死依然只隔着那条巴格玛蒂河。

烧尸

我想带高老师去河对岸，他拒绝了我，觉得这不太吉利。我一人走过石桥来到了"死亡"那边。出乎我意料的是，刚下桥便有一个年轻人愉悦地和我搭讪，问我从哪里来，之后就说些北京奥运会很棒、中国很大之类的话。这种愉悦，在此处悲痛的大环境中很尴尬。

我没有和他交谈太多，一个人走到了石桥的右侧，这是为死者做最后清洁的地方。人群中不时传来悲痛的哭声，三五个人将一具白布包裹的尸体抬到河边，揭开白布，露出尸体蜡黄色的皮肤，简单清洁之后抬上担架，再盖上一层黄布。几名男子抬着担架就朝着石桥左侧走去，这几人是死者的儿子，因为只有儿子才有资格抬担架。我一路跟着他们，也吸引了不少当地人的目光，竟然还有些人微笑着冲我打招呼。从他们的脸上，我看不出悲伤。

抬担架的几名男子将担架放到了一座由木柴搭起的焚尸台上。焚尸台紧邻河边，早已被浇满了燃油，台下有个少年站在河中不停地捡着还未烧尽的木材。焚尸台旁满地头发，一旁还坐着几名男子，只在头顶留着一小撮头发。在这里，父亲去世后，儿子是要剃光头发的，另外，没有儿子的人是不能在这里火葬的。在帕斯帕提那焚化一次的费用是 5000 卢比，但依然有很多人支付不起这笔费用。

柴堆被点燃，浓烟滚滚，围在焚尸台旁的儿子们面色凝重，呆滞地望着熊熊火光。

我回到了河对岸，这感觉的确不太好。也许对他们来说，死亡是轮回，是新的开始，但在我根深蒂固的意识中，死亡就是诀别，活着的人要承受悲痛。就这么不自觉地，我想起了奶奶。奶奶走了快一年，而我也快从悲痛的深坑里爬出来了吧，快了。

拓来福总是对我说，活着的我们要担负起更大的责任，方可让逝者安息。

好，我一定要好好活着，拓来福还等着我回家呢……

我离开的时候，河对岸传来了几声巨响，就像是礼花弹爆炸的声音……

消失的骨头

我猜测，高老师对我安排的行程最满意的部分一定是奇特旺，这里曾是尼泊尔皇室的私人猎场，现在成了国家森林公园。六年前我们曾在这里徒步游览，尝试寻找犀牛，但失败了，后来也只是骑着大象在森林里发现了梅花鹿。当时我还不知道骑象人手里拿的铁钩是做什么用的，知道它的用途之后，我就再也不骑大象了。

这次的徒步游览更自由些，一个向导带着我们俩一早坐着独木舟来到了雾蒙蒙的森林，选择的路线也基本没有旁人。这里的向导大多会提前渲染一种神秘的气氛，总是冷不丁地发现了老虎脚印，或是捡拾一些动物的骸骨给游客看。向导会提前给游客做好安全培训，内容无非见到老虎后你该怎么办，答案就是不要背对它，然后就没然后了……

这里的确存在孟加拉虎，至少曾经存在，但几乎没有游客见过。后来我把视频发到网上，也有不少人评论说被向导忽悠了，以至于有人觉得老虎脚印是向导故意印上的。

一上午的路程我们提心吊胆地走完了。除了见到几只梅花鹿外，我们还在一棵树下发现了一枚完整的鹿角和一堆长了白毛的动物内

又见梅花鹿

清晨的丛林和河流

脏，再有就是在一棵树上发现了“虎尿”——高老师闻过之后确认的。

但下午的行程将刺激很多——我们将在丛林里的小木屋里过夜。

向导要去买一些酒，说是森林里晚上会有些冷。他可能没想到，高老师从国内带了自己秘制的药酒。我们在路边买了些烤牛肉、烤鸡肉和烤鱼之类的食物，用于晚上充饥。这里要说明的一点是，尼泊尔人不吃黄牛肉，因为他们将黄牛视为神明，但是会吃水牛肉。

和上午的路线不同，去小木屋不用坐船。在丛林里，我有种林冲在野猪林的既视感，我们必须在太阳落山之前赶到小木屋，不然谁也说不好会遇到什么。

爬上了一座山坡后，我们见到了小木屋，里面走出了一个年轻男子迎接我们，向导说他是常住这里的管理员。

这是一栋纯木质的三层小楼，二层和三层都能住人，天黑后将最下层顶部的挡板锁定，野生动物就上不来了。每个房间只够摆下一张双人床，床单洁白如新，三面都是窗户，随时可以看到地面的情况。房间里居然还有电源插座，这使我可以放心地拍摄延时摄影了，每层也都设有卫生间，顶层有面积充足的观景台。

小木屋所处位置很高，距离悬崖不远，崖壁之下是纳拉亚尼河，河对岸是一片开阔地，紧连着的是一片茂密的丛林，在傍晚时分，略显神秘。

这个季节可能不是旅游旺季，小木屋只入住了我和高老师两位客人。天还没黑，此时喝酒显然意境不够，我打算在悬崖边拍一段日落的延时摄影。因为没带快门线，我只好用相机的录像功能。

云层太厚，长河落日的效果完全拍不出来，就在我准备收起相机的时候，向导突然说了一句：“听！”然后他伸手指向了河对岸

丛林小木屋

的那片森林。

虽然声音不大，但我和高老师霎时定住了。起初也只是听到了些鸟叫声，紧接着就在向导手指的方向，我听到了一声真真切切的虎啸！

这是我第一次亲耳听到虎啸声！

这一声频率很低，我仿佛能感受到这音波一直在河对岸那片森林上空回荡。鹿群听到这声音突然狂奔了起来。几秒过后又是一声……

我们在这里静静地守候着，都盼望着树林中冲出一头猛虎，在鹿群中开始它的杀戮。但最终我们没有见到那一幕，猛虎只叫了两声之后就再无动静了。

不过让我很欣慰的是因为我没带快门线，所以那两声虎啸都被我录下来了。

夜晚丛林里雾气很大，凝结在树叶上的水珠滴落到地面上，就像是在下雨，我带的强光手电也只能照出两三百米距离。

我们在木屋二层开始了狂欢。向导也只买了些清酒，管理员什么都没有，我和高老师打开那几包装着烤肉的荷叶包与他们分享。向导叫我们把骨头扔到楼下，说是能招来野兽。高老师的药酒很好喝，虽然是白酒，却是棕褐色的，不太辣，很甜，向导喝了几口之后就再也不碰自己那瓶酒了。我告诉向导，当年中国有个老英雄喝了 18 瓶这样的酒，上山空手打死了一头猛虎。

如果就这么“糜烂”下去的话也太不刺激了，我想下楼走走。

高老师再次拒绝了我的邀请。

向导和管理员带着我走出了小木屋。就像是漫步在雨中，不断有水滴落在身上，我们沿着来时的路朝前走。我想只要回过头还能看到小木屋顶的探照灯，就不会出什么问题吧，但我依然很忐忑，毕竟我们三个人手中除了我手里拿的强光手电，就剩下向导手里拿的一根一米来长的木棍子了。

向导和管理员仿佛很淡定，我尽量走在他们两人中间，举着强光手电肆意照射着——反正我估计方圆几公里内除了我们四个也不会有什么高等生物了吧。在手电光晃到某截树杈的时候两个光点一闪而过，我再次寻觅，光柱锁定了一个生物。它站得太高，让人完全看不清，我用长焦镜头勉强拍了一张照片，放大之后发现是一只鼯鼠……

走出木屋还不到一百米，我们就返回了。

在丛林里的一整天，我们虽然并没亲眼见到什么凶猛的野兽，但这体验已经着实超出了我的预期。夜晚的丛林的确有些凉，我和高老师和衣而卧，很快就睡着了。深夜，我和高老师被一阵急促的敲门声惊醒。

“起床，起床！”向导声音不大，但有些紧张。

我和高老师打开房门，看了眼表，两点四十，门外向导正用手机上的手电照着我们，这可能是探照灯关闭之后黑夜里唯一的光源。他拉着我们来到了观景台上，让我们听。

无尽的黑暗里传来了有规律的蹚水声。此时的雾气比我们喝酒那时大得多，我取出强光手电，发现竟然连距离我们十米不到的树都照不到了，光柱里只有四散飞舞的水滴。

“那是什么？”我轻声问道。老实说，那时我很紧张，担心眼前的黑暗中突然冲出什么让我躲闪不及。

“可能是犀牛在过河。”

接下来就再没发生什么了。

天亮后我们将离开丛林，下楼的时候，我想看看昨晚扔的骨头还在不在，结果一块也没找到。

为了弥补上一次的遗憾，这次的行程我安排了蓝毗尼，但尼泊尔信奉佛教的人很少，蓝毗尼的行程也不过是走马观花。为了筹办

到处都能见到“中国援助”的标志

一场滑翔伞比赛，博卡拉所有滑翔伞项目也都暂停了，我和高老师只是坐着直升机去了趟安纳普尔纳峰的半山腰。

尼泊尔，我不知道今后会不会再来。

一场地震让尼泊尔一蹶不振，几年过去了，多数古迹已无法修复，但修复中的建筑都贴着“中国援助”的标志。这让我倍感自豪，并不仅仅是因为这四个汉字，更多的是，我觉得自古以来我们的民族经历的苦难远多于尼泊尔，但我们从未倒下……

后记：

2017 年 9 月，3 岁的特莉萨那 · 萨迦成了新一任女神。

时光重叠：地震前的帕坦广场

地震后的帕坦广场

CHAPTER 13 格鲁吉亚和亚美尼亚：

外高加索二缺一

作者：素满多

我越来越喜欢老物件，
原因不得而知。
可能是那些略带斑驳的岁月痕迹，
可以把我带回童年，
重新来过。
一碟菜、一份饭、一碗汤，
还有奶奶喊我回家吃饭的悠长呼喊声……

右手持剑的“格鲁吉亚之母”巨型雕塑

200 元的老古董

从尼泊尔回来没几天，我和拓来福又出发了。

恰逢春节，这次我们打算去格鲁吉亚和亚美尼亚。格鲁吉亚、亚美尼亚和阿塞拜疆被称作“外高加索三国”，但因为拓来福时间有限，我们只能舍弃了阿塞拜疆。2018 年年初那会儿，这三国恐怕还算是小众旅游地，因为当我想买一本《孤独星球》的时候，我发现这三国根本没有中文版。

格鲁吉亚的首都是第比利斯，也是我们的第一站。“第比利斯”这个词在格鲁吉亚语里有“温水”的意思，相传古时候某位国王发现此地的温泉有疗伤作用，之后就将此地命名为“温水”。当然传说还有别的版本，不过这里的温泉确实有名，有不少大大小小的温泉浴场对外开放。习惯了家里的私人淋浴，我们对公共浴场多少有些芥蒂，行程中也就没有安排。

2 月份的第比利斯风里夹着雪，有一种湿冷的感觉。出了机场，我们坐上了一辆出租车，一路向第比利斯老城行驶着。公路两侧的

第比利斯的老房子

建筑大多是破旧的，在冷色调的空气里显得毫无生气。

我们抵达酒店时还不到中午，这个时间刚好，因为我们的第一站安排在了“干桥旧货市场”，这里通常中午 11 点才营业。干桥旧货市场也被人称为“旱桥旧货市场”，不过这都是直译过来的，因为市场的英文名叫“Dry bridge”。干桥旧货市场号称“外高加索最大的跳蚤市场”，去了我们才知道，无非一座桥旁，马路两侧延展出来不少摊位。有些摊位是带个小门面的，而所谓的门面，也只不过是几个铁皮架子上摆了些零碎的物件；差点儿的摊位人们会在地上铺一块布，布上面摆着相机、勋章甚至是防毒面具什么的；最不济的摊位，人们是把一些油画挂在铁丝栅栏上卖。

旧货市场悬挂着的油画

这里被卖得最多的是画，有一大片区域摆放着各种尺寸的油画，其次就是相机。苏联曾仿制过一大批东德相机，据说同时代的东德相机上的零件甚至可以和苏联相机上的零件通用，但东德相机的收藏价值远远高于苏联的相机。除此以外，在这里人们还可以看到各种各样的钱币和勋章，很多勋章还被一个类似证书的白色硬皮纸包裹着，纸上还有签名，不少勋章上刻着某人的头像，我能认出来的也只有列宁和斯大林。这里再有就是一些摆着零碎的瓶瓶罐罐、留声机、缝纫机的摊位。我们在这些摊位间穿行，时不时还能看到被挂在树上的整张的兽皮。在我们经过一个卖汽车零配件的摊位时，老板拦下我们，问我们从哪里来，知道我们来自中国后，从柜子里掏出一方墨块，墨块上有三个描金汉字：金不换。墨块背面也刻着一行字：广州胡开文法制。

我从小就对老物件有一种很特别的感情，总觉得这些东西能给我提供一种奇异的力量。我上小学的时候，不知道奶奶从什么地方

二手防毒面具

古董相机

找出来一支钢笔，是那种民国时期的，笔头是最典型的菱形明尖，线条优美，金灿灿的，笔杆是塑料的，笔帽拧在笔杆上，通体黑色，加上银色的笔帽挂钩，随便那么一看就能感受到时代的气息。灌墨时需要将末端一截拧开后拔出，钢笔就变成了一种类似打气筒的形态，通过提拉拧开的那截，向活塞墨仓里吸墨。这支钢笔给了我日复一日练字的力量，后来大概是被家里哪位亲戚的熊孩子顺走了，我再也没见过那支钢笔。这种事在我的童年里时常发生，只有这支钢笔的丢失让我难过至今，再后来也就没练过什么字了，导致我现在的手书很是难看。

我很想再有这么个物件陪伴我，不过墨这种东西向来离我很远，老相机才是我的首选，要是遇上那种设计得精巧、厚实的，我绝对爱不释手。我对这种老物件的寻找并不贪多，而是随缘，摆在那里的几十台老相机，也只有蹲下来挨个端详，才能知道哪台是我想要的。

摊位的老板是个老爷子，并没有招揽生意的意思，而是看我赖在那里不走才凑上前来和我搭话。他讲什么我一个词也听不懂，同时他也不懂英语，只是不管我拿起哪一台相机，他都要解释一大串，然后在手机上按出一个数字，那是他的开价，换算成人民币六七百元的样子。

这是我第一次接触老相机，也没什么主意。直到我捡起一台看上去与众不同的相机——一台折叠起来的黑色相机，用一个棕色的皮盒子装着，镜头是一个可以伸缩的皮仓，机身上各种旋钮和按键看上去很有意思也很精密，老爷子同样按出了和之前差不多的价格。

逛这种市场，砍价通常是充满乐趣的。我试探性地按出了一个合人民币大约 100 元的价格，老爷子却没显得不耐烦，而是在原有的价格上松了松口。我们俩你来我往几个回合，最后以 200 元人民币的价格成交了。

这台“莫斯科 2”一直摆在我的书柜上，每次触碰它的时候，我依然感觉有种奇异的力量注入了我的身体。

我和老爷子讨价还价，他手里拿的就是那台“莫斯科 2”

Ali and Nino

我们在第比利斯没有自驾游，一方面是因为这里不大，可去的地方无非有名的三一教堂、母亲堡垒或是Nariqala（纳里卡拉）要塞，这几处打车去就可以；另一方面就是因为这里的红酒。格鲁吉亚红酒和我以往喝过的红酒不太一样，相比之下，这里的红酒更甜，对我这种对品酒一窍不通的人来说，甜甜的酒水更能让我感到快乐，所以红酒也是我们在格鲁吉亚时，每天正餐必不可少的东西。吃过午饭，我和拓来福总是微醺着走出餐馆，开始下午的闲逛。

巴统是我们在格鲁吉亚的第二站，要从第比利斯坐火车过去。这是一座海滨城市，曾是阿扎尔自治共和国的首都。格鲁吉亚、俄罗斯和阿扎尔自治共和国，早在苏联解体那会儿，关系就搞得挺复杂，直到2004年，巴统这座城市才归格鲁吉亚所有。

巴统最著名的是那座会动的雕塑——Ali and Nino。一男一女两座8米高的人形金属雕塑会在每天傍晚转动起来。这是两座切片雕

雕塑 Ali and Nino，意为“面对面相遇，背对背分离”

塑，当两人面对面接触时，无数切片会交错穿插，最终两人背对背分离。

这座雕塑的设计灵感来自一部同名小说，男主角 Ali 和女主角 Nino 相爱，但因信仰的不同被两家人拆散，二人从此出逃，在广袤的天地间算是过了几天好日子。我一直没有找到这部小说的原著，却在回国后看了 2016 年拍成的同名电影，电影的结尾说的是 Ali 在一次保卫祖国的战争中牺牲了。

因为是沿海城市，巴统的 2 月份算是旅游淡季，温度和第比利斯差不太多，据说夏天的时候，这里热闹非凡，用膝盖都能想到，谁会大冬天的来海边哆哆嗦嗦地喝啤酒呢？但我和拓来福对反季出行乐此不疲。我们住的酒店距离雕塑不远，从窗户探出些头就能看到，但此时还是中午，两座雕塑站在那里没有动，雕塑附近的一座摩天轮让这二位钢铁巨人显得不那么高大了。摩天轮上只有我和拓来福，本来静止着的摩天轮也只是因为我们俩买了票才启动的，这应该是我们俩第一次坐摩天轮。这座摩天轮有点儿小，而且是露天的，脚下就是黑海，我们细数着一起看过的海，希腊的爱琴海、古巴的加勒比海、约旦的死海……我逐渐有些捉摸不透自己旅行的初心，曾经那个坐半个小时公交车到广安门都算进城的孩子，如今出个国就像遛个弯，甚至那种第一次和拓来福去杭州的激动现在也少之又少了，去任何地方，也只会想着该如何拍、如何剪……可能是我年纪大了，愚钝了，但脑子里又能随时迸发出无穷的念头，心态积极的时候，这会让我觉得自己很有可能是个天才；消极的时候，我总是担心自己会不会穷困潦倒、荒度余生。大多时候，这些念头是无用的，比如我可以从拉格朗日中值定理，一秒钟切换到冰箱里的酸奶还有多久过期，或是活着这么辛苦，究竟是为了什么……

Ali and Nino 开始运转了，我架好相机，录下了全程。

而我的心里净是悲情。

亚美尼亚藏在深山里的恐怖古堡

我们从格鲁吉亚坐飞机，不到半小时就来到了邻国亚美尼亚。

从机场出来时，一群黑车司机围上来，我们见门外没有什么正规出租车，就找了个看着比较顺眼的小伙，谈拢了价格，他就带着我们往停车场走了。我们来到一辆白色的奔驰旁边，他打开后备厢帮我们放行李，我注意到车尾标注的车型是 E63。车里的内饰有些古旧，一路上我掏出手机查了查奔驰 E63 的价格——7 位数！公路上来来往往的也有不少豪车，光是保时捷卡宴我就见到了不下七辆，这和已经泛黄的柏油路还有路两旁破旧的居民楼格格不入。

“这车多少钱？”我在小伙和我闲聊的时候问了一句。他掏出手机按出了一串数字，我数了数，正好是 7 位数，我追问，“是德拉姆（亚美尼亚货币单位）吗？”

“是的。”我想他一定感受到了我的震惊，因为他手机上的那个数字如果换算成人民币的话，大约也就是 12 万元。他同时问了一句：“在中国多少钱呢？”

我接过他的手机，在那串数字后面加了一个“0”，他也惊了。

后来我发了条朋友圈，想让朋友们给这车估价，懂车的人猜得八九不离十，但他们说的也都是在国内的价格。当我说出 12 万元人民币的时候，全场震惊。有位很博学的做编剧的朋友告诉我，亚美尼亚是世界上最大的赃车销赃地，也有人说这里有不少欧洲的翻新车。不管怎样，百万豪车接机，对我来说还是头一遭。

我们在酒店的游客服务中心包了一辆车，价格也不贵。司机是个满头白发的老爷爷，歪戴着一顶鸭舌帽，敞开的黑色皮夹克里露出了用深色毛衣包裹着的啤酒肚，毛衣里白色的圆领掩盖了脖子上些许松弛的褶皱，四方大脸，扁平的鼻子下总有一张笑得合不拢的嘴。见到我们后，他将粗大的右手伸向我，同时用一句我听不懂的语言和我打了招呼，这一声中气十足，再看他，俨然一副心宽体胖的模样。我伸出右手和他握住，同时尝试用英语和他交流。或许外人看上去我们交流得很顺畅，实际上他说的话，我一个词都听不懂。不过这没什么，我们并不需要导游，司机只要能开车把我们带到想去的地方就没问题，这样和打车的区别就是，返回的时候不用再去苦苦寻觅出租车了。

老爷子叫什么我已记不清了，思来想去，可能也就“老白头”这个名字比较适合他，这个称号加不加儿化音都很贴切。

我们首先要去的是格加尔德修，这是一座藏在深山里的古老建筑，一路上老白头一直在和我们聊着什么，我们也只能从他支离破碎的英文单词里猜出两三分的意思。他大概是用英语和亚美尼亚语拼凑出了他的意思说给我们听，而我说的英语也不知道他是否听明白了，看起来他好像全明白了。

白雪覆盖了一切，阳光却格外充足，山路上来往车辆不多——本来就是淡季嘛——老白头也时常会在一些景色不错的地方停下车。下车后，我在一旁航拍，他和拓来福在路边打雪仗，大概是不愿欺负狡猾的老白头，拓来福不一会儿就满身冰碴儿。

格加尔德修在一道峡谷中，我用无人机沿着公路飞出去几百米才发现，它的颜色和山体的颜色融到了一起，像是一座阴森的古堡。老白头把车停到山脚下等着我们回来，我和拓来福在铺满鹅卵石的

格加尔德

道路上走进了城堡深处。

这里格外清静，建筑依山而建，就像巨型石砖堆砌成的一座精美的艺术品。“格加尔德”意为“圣矛”，指的是耶稣被钉上十字架前，罗马士兵用来刺他的那支矛。这里收藏了这支矛的一部分，因此得名。但这里的另一个作用，是我后来才知道的……

建筑内部极其精美，石壁上的雕刻更是让人叹为观止，但走近建筑那一刻，我有一种莫名的恐惧感贯穿了全身。

屋子的很多角落里摆放着黑铁烛台，每个烛台的沙土上都插着十几支火苗颤颤巍巍的蜡烛，在黑暗的角落里忽明忽暗。建筑用若干根石柱承重，每两根石柱之间，都有一道用石砖筑成的拱梁，每走过一道拱梁，我都会产生一种压迫感。大厅正前方是一道小门，那里面可能是主殿吧，因为正中间的墙上摆放着十字架之类的圣物，

阴暗古堡里的黑铁烛台

地上还铺着地毯。

整座建筑并不是密不透光的，除了大厅墙面上开凿出来的窗户外，只要抬起头，你就会发现每一个穹顶都开着一个圆形的天窗，穹顶内壁的雕刻更像是几十只倒挂着的蝙蝠。我相信天气合适的情况下，一定会有阳光照进来，但不巧的是，此时是阴天，惨白刺眼的阳光透进来，再加上建筑里的自然混响，让我们都感觉不太舒服。

“你听，有流水的声音。”我说的每一句话都有回音，即便我只用耳语般大小的音量。

“对……对……”自打我认识拓来福那天起，她的胆子就很小，此时的拓来福连动作都有些僵硬。

我循着水流的声音走出主殿，拓来福紧紧跟着。声音来自和大厅相通的另一个房间，穿过同样逼仄的石门，里面只有一束来自穹顶的光。水从一面墙下流出，打开手电我才发现，这面墙其实就是山体，流出来的水大概就是山泉，在墙脚形成了深深的一小汪水潭。水潭里无数硬币反射着手电的光亮，山泉沿着一条沟渠流到了小石门下面，接着流进了大厅地板下的暗渠。我蹲下来摸了摸流淌的泉水，感到冰凉刺骨。

“咱们走吧，我有点儿害怕。”拓来福的声音有点儿颤抖。这间屋子里只有我们两个人，透过小石门，我们也只能见到大厅里摇曳的烛光，它如同拓来福的声音一样颤抖着。

“等会儿，再拍点儿。”我举着摄像机对着墙壁上的浮雕，那是一只鹰死死地抓着一只山羊，鹰的两侧还有两只像猫一样的动物。这里的每一处雕刻都很精美，我想都记录下来，虽然不知道这些都代表了什么。

“我先走了……”拓来福没开玩笑，扭头往门外跑。我便笑着跟她走了出来。

满是白雪的山谷里，溪水依然活跃着，无数巨大的鹅卵石里挤出清澈的泉水，小溪上面架着的拱桥也被白雪完整地包裹着。

“你知道这里是怎么回事吗？”拓来福的声音恢复了正常。

“不就是‘圣矛’嘛，刺耶稣的那支。”

“其实它还有另一层意思。”拓来福掏出手机，念了起来，“格加尔德由许多坟墓组成……是亚美尼亚中世纪建筑的巅峰之作……”

“嘁……”我表面上有些不以为意，但又极力回忆着刚才是否有“惊扰亡灵”的举动。

我不确定人死后会以怎样一种形态存在，但至少在亲人的心里，这种“存在”一定是一直存在的。

温暖的“老白头”

老白头继续带着我们穿梭在山谷里。他总是在不经意间显示出他的神通广大，就比如在加尼神庙，他带着我们进入了一个原本上着锁的展室，照他的意思，这是景区管理者给他的特权；又如在兹瓦尔特诺茨航拍的时候，保安本想阻止我，却被老白头拦住，照他的意思，他帮我免除了一笔不菲的罚款。

亚美尼亚的蜂蜜还不错，山谷里的山花供养着居住在这里的养蜂人。老白头带我们来到了一户养蜂人家，男主人也是个老爷子，和老白头看起来像是朋友；女主人和男主人年龄相仿，可能是他的老婆，除此以外，家里还有一位年纪更大的老奶奶，老奶奶可能是男主人或是女主人的妈妈。

正赶上午饭时间，老白头示意我们在餐桌边就座，这并不是我们行程的一部分。

女主人抱来了一大一小两个透明的玻璃罐，大的里边是用褐色的液体浸泡着脱水的苹果，小的里边装的是蜂蜜。那位老奶奶则是捧着一个盘子走过来，盘子里放着几张烙饼。那的确是我平时吃的那种烙饼，这不是我第一次在国外吃到烙饼了，我记得在马赛马拉

到哪儿都想让我航拍的老白头

的那个度假村里也吃过一次。

不知道这算不算是今天的午餐。

老白头撕开一块烙饼放到我面前的餐桌上，又撕了一块放到拓来福面前，两块形状不规则的烙饼就这样铺在桌上。老白头打开蜂蜜罐子，将勺子插进去转了几下，拽出来一坨黏稠的蜂蜜，把我的烙饼掀开一层，将勺子伸进去涂抹了几下，又用同样的手法帮拓来福制作了一块蜂蜜饼。

糖饼、肉饼我都吃过，蜂蜜饼还真是头一次，说实话味道不错，只是连吃几口之后略感烧心，好在大罐子里冰凉的酸苹果又把这股心火压了下去。

“这是夕阳红老年活动站吧？”我对拓来福说。老白头像是听懂了，和拓来福一起开怀大笑，家里的三位主人似乎也听懂了，和我们一起大笑……

回去的路上，夕阳映红了天地，老白头的头发也被染成了金黄色，他依然用母语掺杂着英语的方式和我们交流着。公路一旁是一片开阔地，远处有一座小山丘，老白头把车停了下来，可能他也舍不得这抹夕阳吧。只是停车后，他跑向那片满是碎石的开阔地，蹲下来挑拣着什么。

我和拓来福下车凑过去，发现他手里捧了几块拳头大小、黑亮亮的碎石头，我问他这是什么，他不停地重复着一个单词。

“可能是黑水晶吧。”拓来福说道。

“那我们是不是发达了？你看那座山，可能整座山都是黑水晶！”我掏出手机，在翻译软件上输入“黑水晶”三个字，翻译成亚美尼亚语给老白头看，却被他否定了。他继续重复着刚才的那个词，并流利地用母语为我们解释着，夹杂着类似“lucky”这种表达吉祥如意的英文单词……

没多会儿，老白头捡了得有五六斤石头，找了个塑料袋将它们装起来之后，继续解释这究竟为何物，我感觉他似乎是在把刚才那个词拆解了之后拼给我们听。亚美尼亚语所含的字母不多，毫不谦虚地说，我一个都不认识，我和拓来福只能愣愣地盯着老白头，一脸茫然。

路上，猜词游戏开始了，依然是我用手机将答案翻译成亚美尼亚语给他看，煤、黑钻石、石油……只要是我们脑海中存在的黑色宝藏都尝试了，全都不对。直到我输入“黑曜石”三个字翻译给他看之后，车里爆发出了这一天里最后一次畅快的笑声。

其实，只要让老白头对着翻译 App 念出“黑曜石”这个词的亚美尼亚语，我八成就能知道这是什么，但我和拓来福一开始就说好

兹瓦尔特诺茨的残垣断壁

了，这是今天的最后一个游戏，谁都不要作弊。

后记：

用 200 元人民币买“莫斯科 2”还算值得，后来我去了几次俄罗斯的“一只蚂蚁旧货市场”，也没见过200元人民币以下的老相机，但依然有人对我说买贵了，这种人最烦……

那块“金不换”，我见网上有卖到 1600 元人民币的。

离开亚美尼亚前，因为行李箱空间有限，我只带走了两块老白头送我的黑曜石，现在它们和我的古董相机一同被摆在书柜上。

傍晚时分的第比利斯

CHAPTER 14 新加坡:

绝望里的希望

作者：拓来福

人生有很多十字路口，
我们不知道哪一条路才是对的，
唯一能做的就是：
走下去，别回头。

走过吊桥，就是亚洲大陆的最南端

红眼航班上的绝望

2018 年，清明节。

我们提前一周去陵园给奶奶扫墓，带了她老人家最爱吃的点心，还有爷爷钟爱的张一元花茶。茉莉花茶必须是从前门大街总店买来的，这样的习惯一坚持就是几十年，奶奶闻到这茶香，就知道是爷爷的心意了。素满多对奶奶的思念从未减少，只是他开始接受奶奶死亡这件事。在看完动画片《寻梦环游记》之后，他对我说："奶奶正在天上和朋友们一起做手工吧。"他这样的幻想，是对亲人死亡的释然。只是他因为奶奶的突然离世积压的情绪依然时好时坏，并没有随着时间的流逝减少。当悲伤变成了习惯后，好像不需要理由，我们也会不由自主地悲伤起来。

一年前，我劝素满多辞职，利用间隔年尝试做自己喜欢的事情。每当我以为他已经回到初见时的开朗模样，他都会猝不及防地再次出现低压来袭的情况。那年，我依旧奔波在朝九晚九的上班路上，在四环上以最高限速 80 公里时速疾驰，天空经常会突然下起雨来，雨水打在车窗上，似冬日里的风，寒冷直逼心田。这一度让我有种错觉：只有我的车顶上方在下雨，雨水噼里啪啦地掉下来，落进心里。其他人的前方是艳阳高照吧，我想到这里，眼泪就会不由自主地掉下来。

他把快乐留给了别人，把悲伤只留给了我。更确切地说，他只把悲伤留给了自己。

没有人会想到，这样一个开朗的男孩，内心藏着一片巨大的名字叫作悲伤的海洋。

素满多的天空，感冒了。

而我的天空，下雨了。

在下雨的人生里，总会出现一个可以称为解药的东西。我们的解药是每一个下一站。下一站，是枯燥生活里的盼望，是一次次对生命的意义产生疑问时，那微乎其微的光芒。素满多只有在旅行途中，才会沉浸在新鲜世界对感官的刺激中，暂且忘记忧伤。

2018 年的清明节也不例外。新加坡，从北京直飞五小时可达，机票不贵，是清明节假期的最好选择。夜里 12 点的飞机号称“红眼航班”。或许是旅途的疲惫，或许是受清明节的感伤气氛影响，刚上飞机的素素开始郁郁寡欢，说着丧气话。

“我什么都干不好。”

“怎么办，我很痛苦……

“坚持做热爱的事情，怎么就这么难？

“可不可以，放弃我自己？”

…………

我安慰了几句，他便不再喋喋不休。或许他只是需要寻找一个发泄口。我迷迷糊糊地睡着了，每次醒来，都能看到满脸惆怅十分清醒的素满多，我的心跟着沉了下去。

新加坡从来都不是我们的首选目的地，它小得超乎你的想象，二十二个新加坡的面积等于一个北京，九个新加坡的面积等于一个上海，以至于我到了新加坡之后，还在问自己：新加坡的首都是哪儿来着？后来我们才想起来，其实新加坡的首都就是新加坡。

我们从机场打车来到滨海湾金沙酒店，这是新加坡的地标性建筑，也是我们第一天下榻的地方。可惜还没到入住的时间，我们寄存了行李便跑到楼顶的无边泳池旁晒太阳。素满多找了一个非常偏僻的太阳椅躺下，整宿没闭眼的他不一会儿就睡着了。这里是新加坡地标性建筑的第 57 层，离地面有 198 米，也是全世界这一高度下最大的室外游泳池了。游客坐在太阳椅上，目光越过无边泳池，可以看到新加坡最繁华的城市中心。如果未来也能如此直截了当地一眼望穿就好了。可是用肉眼看到的未来，和自己怀着期盼心情一步步走过去的未来相比，前者一点儿都不深刻吧。我望着远方，出了神。

我把素满多再次消沉的情况在微信上如实地告知了顾老师。顾老师其实并不是老师，他是中国人民大学哲学系的硕士毕业生。他喜欢研究一些中国古老的文化，更像我和素满多的兄长。

我经常问顾老师："未来是什么样的？素素会好起来吗？"

他总是信誓旦旦地告诉我："你们会越来越好的。"

这句话，我谨记于心。那是生命里最强烈的一束光。

当得知素满多再次陷入消沉状态，而我们刚好在新加坡，顾老师推荐了自己的师弟朱老师，说可以见面随便聊聊。朱老师也不是老师，是新加坡人，精通四种语言，自幼对奇闻趣事颇有兴趣，还成立了新加坡超自然协会。

或许他会告诉我，素满多的未来是阴还是晴，是云还是雨。

朱老师约了我第二天见面，地点就在标志性建筑鱼尾狮喷泉旁边的星巴克。

我看着熟睡的素满多，有了些许安慰。

那时候 OFO（小黄车）还在，共享单车遍布新加坡的大街小巷，游客随便找一辆就可以逛完整个市区了。临近黄昏，我们从酒店出发，骑着自行车前往滨海湾花园，在焕发着勃勃生机的热带植物间走走停停。时光慢下来，素满多穿着白色 T 恤衫骑着单车风驰电掣般从我身旁飞过，恍惚间像是无忧无虑的少年。我们在人群中找到小小的一块空草坪,头挨着头躺下去,等待灯光秀的开始。19点45分，“超级树”金属的枝丫瞬间被点亮，它们径直向天空延伸，“树干”上缠满了藤蔓，在变化莫测的彩色灯光下不再如钢铁般冷漠。这是新加坡的常规节目，如果你没看过，都不好意思说自己来过。热带的夜风带着湿气滑过肌肤，温润如丝。草坪上的露珠经历一天的洗礼，混着青草沾到衣角，竟也不会让人觉得黏腻。一场常规灯光秀把我和我的少年似乎都带到了最美好的过去。

“素素，咱俩好。”

“好，特别好，天下第一好。”素满多不假思索地答道。

“那，你别丢下我。”

“傻子。”

相约鱼尾狮公园，寻找生的希望

鱼尾狮是一种虚构的动物，狮头鱼身。

狮头的灵感来源于《马来纪年》的记载。公元 14 世纪，苏门答腊的“三佛齐王国”有一位名为圣尼罗乌达玛的王子。他依稀看到遥远的地方有一座小岛，便乘船前往，历经磨难后抵达岸边，一只神奇的野兽从眼前奔跑而过，随从告诉他那是一只狮子，王子便为此岛起名新加坡，在梵文中就是“狮城”的意思。而狮子拥有鱼尾，我猜想，这是为了纪念这个只有一座城市的国家从渔村一步步发展壮大的历程。

我告诉素满多，顾老师的师弟想约我们聊聊天，他是地道的新加坡人，他或许能告诉我们很多有趣的故事。素满多一听便满怀期待地和我去赴约。午后，我俩提前半小时来到鱼尾狮公园，这里早已人声鼎沸。新加坡是热带雨林气候，刚刚还是艳阳高照，突然就下起雨来。我俩瞬间被浇得透心凉，还没来得及细细观赏鱼尾狮喷泉，便慌慌张张地跑进了岸边的星巴克，在嘈杂的人群里找到一张刚好够坐三人的小桌子。我幻想着，这位有着与众不同的人生经验的朱老师，会给予我们来自平行宇宙的某种神秘力量，驱散素满多内心世界里的云雾。

朱老师背着一个斜挎包如约而至，戴着眼镜，穿过人群老远就冲我俩打招呼，我们都通过微信头像认出了彼此。我要去帮他买杯咖啡，他阻止了我，坚持自己跑去排队。朱老师笑意盈盈，刚坐下就从背包里掏出自己出版的三本书，一本是关于新加坡建筑，一本是泰国巫术漫谈，还有一本是纯英文的奇闻趣事之类的，说全部是送给我们的，还拿出笔在书的扉页上工工整整地写：

"祝素素、拓拓，笑口常开。"

呵，这真是金玉良言。

朱老师语速很快，简直是语言天才，可以不假思索地妙语连珠，和他的师兄顾老师简直是天差地别。

"素素，你面带笑容心悲哀。"朱老师一语中的。素素笑了笑，什么都没说。

"那，素素会好起来吗？自从奶奶去世，他就像变了一个人，经常情绪失控，郁郁寡欢的。"

"没事的，你就想人生里的光芒被乌云遮住。但是刚好有你在，可以缓解他的情绪，你们会越来越好的。不要胡思乱想。”朱老师很坚定地说道，“你们今年做旅行自媒体，会因赚不到钱而苦恼，还要用到自己的积蓄，但是明年开始会好。”

素满多全程话很少，只是偶尔轻舒一口气。

后来，朱老师讲了很多自己的人生经历。他曾在没有工作的一年里，写下了送我们的这三本著作。

“人生跌宕起伏，这才是常事，没有谁能一帆风顺。我和顾老师会永远支持你们，但路还是要你们俩一步步地走。”朱老师语重心长地嘱咐我们俩。临走时，朱老师还送了素满多一个护身符，那是朱老师在泰国修行时得到的，只有两个。

而我们连杯咖啡都没来得及给他买。

圣淘沙的第一桶金

圣淘沙岛最初只是一个小渔村，人们世世代代靠打鱼为生，也称得上平静质朴。后来，这里被一场瘟疫侵入，只有极少数人活了下来，很多华人便将此岛称为绝后岛。直到1972年，新加坡政府才赋予了它充满希望的名字：圣淘沙。如今，它是新加坡的欢乐宝石。这座岛的前世今生，难免让人感慨万千。从人们避之唯恐不及的凶险之地，到欢乐祥和的度假胜地，岛还是那座岛，只是时间让一切改变。

一座岛都有它的悲欢离合，更何况是有血有肉的人。

进圣淘沙酒店的大门时，我惊喜地发现身后也有一座鱼尾狮雕像，比市中心那座更大，足足有三十多米高。人们可以登到狮子的嘴里去俯瞰整座圣淘沙岛。这里不愧为“新加坡的欢乐宝石”，吃喝玩乐应有尽有。相比熙熙攘攘的白天，我们更喜欢圣淘沙岛的黄昏，游客渐渐离去，不管走在哪里，我们似乎都能穿透黑暗，一眼望到被彩色灯光映衬下的鱼尾狮精神焕发地守护着的整座岛屿。我和素满多沿着海岸线散步，白色的沙滩绵延数里，我们就这么一直走着，穿过一座小小的吊桥，就能看到名牌，上面写着：亚洲大陆最南端。

回酒店的路上，通常会经过电车站的冰激凌店，我们每次都会

圣淘沙岛上的鱼尾狮雕像

亚洲大陆最南端

先买两个冰激凌再回房间。我们拿着冰激凌刚要转身走的时候，从外面广场上跑过来一个清秀的姑娘挡住我们的去路。她非常诚恳地轻声问："请问，可以请二位帮忙做个调查吗？我是新加坡国立大学的学生，会占用您十几分钟时间。"

我俩对视了一眼，同时点头答应了。天色渐晚，这位姑娘的调查任务看来很难完成了。

调查很简单，参与者需要体验广场上的旅游指南电子屏，然后给出非常具体的产品使用评价和合理化建议。我和素满多认真地把建议一一写了下来，足足用了将近半小时。小姑娘满脸感激，她说自己是中国留学生，利用假期为新加坡旅游局打工。完成调查后，小姑娘突然拿出100元新币（约500元人民币）给我们，说这是调研报酬，我们想都没想就拒绝了，因为这也太多了。我们让她自己将钱留下，天太晚了赶快回学校，然后扔下钱就向酒店跑去。没想到小姑娘追上来，把钱塞到我们的口袋里就跑了，边跑边喊："谢谢你们！"

100元新币，那是我们在旅游事业上赚的第一桶金，至今我们都没舍得花掉它。

后记：

我们从新加坡回国一年后，OFO小黄车真的黄了，圣淘沙岛上的鱼尾狮塔也要被拆除。那是我们第一次看到鱼尾狮塔，没想到也是最后一次。

时间，终会改变一切。

在悲痛中徘徊不前的素满多

CHAPTER 15 俄罗斯：

“战斗民族”的 40 天

作者：素满多

爷爷经常跟我说：
没有人可以回到过去重新开始，
但谁都可以从今天开始，
书写一个全然不同的结局。

俄罗斯的母亲河——伏尔加河

出征世界杯

2018 年，世界人民喜迎世界杯。

上小学时，我是班里的主力前锋。其实，小学生球赛没那么讲究，能踢进球就不分什么主力不主力的，只有踢球的和守门的之分。和多数同龄人一样，爷爷奶奶在北京南城的胡同里把我从小带大，胡同里的路面都是洋灰方砖的，那是我最早的球场。爷爷会传授我一些他所谓的脚法，在这种环境下踢球，磕磕碰碰在所难免，最怕的是赔邻居家玻璃，反正我知道爷爷和大街上卖玻璃的人后来混得挺熟……

爷爷今年九十岁，看破球坛已经数十载了，对那支让他失望了半辈子的球队不再抱什么希望。我也因为在六年级期末考试之后的一场球赛中手腕骨折，从此告别了“球坛”。

2018 年 5 月 30 日，我好不容易预订了钓鱼台国宾馆，为爷爷庆祝九十大寿。

出征世界杯的素满多

2018 年 6 月 19 日，我受某内容创作平台邀请，要去俄罗斯现场观看 10 场世界杯比赛。

爷爷希望我不要放弃这次机会，说机会是给值得的人准备的。而我已经为此准备了半年，在我差一点儿放弃的时候，机会就来了。

所以，钓鱼台国宾馆方面和寿宴都由拓来福来料理。

这是我第一次和这么多人一起旅行，整个团队共三十人，一半是工作人员，一半是 CP（内容提供者），其中有专业足球记者、网红、美食博主，还有就是像我这样的旅游博主。我们负责在平台发布独家文章或是视频，每天的工作量不小，但谁都很珍惜这样的机会，据说平台方给我们全程的花费，够我们每个人在三四线城市买套房的。

这是对原创作者极大的尊重！

落地莫斯科后，我们住的是一家四星级酒店，当然这指的是“当地四星”，而不是“国际四星”。按说俄罗斯人通常人高马大，可酒店的单人床也只有1米宽，我也是在俄罗斯之行的最后几天才知道其中的原因。我住的这家酒店根本就没什么服务可言，这也可能是俄罗斯人不爱笑给我造成的错觉。

俄罗斯人不爱笑是有原因的，有一种说法是：俄罗斯在历史上经历过太多的战争，导致人民缺乏安全感和信任感，所以轻易不会露出笑容。团里的美食博主老韩给我们讲了另外一个说法：俄罗斯位于高纬度地区，人们所处的地方普遍寒冷，不像热带地区的人们，整天吃香蕉、苹果、菠萝，想不开心都难。我却觉得俄罗斯人不开心还有一个原因，也是高纬度：俄罗斯经常经历极昼和极夜，所以人们不快乐。这样说是有根据的：极昼、极夜现象更明显的瑞典，自杀率排全球第二。

在俄罗斯的第一天，我们就因为极昼感觉到了不快乐。

准确来说，我们经历的并不是极昼，而是“白夜”。极昼指的是天压根儿就不黑，24小时都能见到太阳，而白夜指的是24小时里，天多少能黑那么几个小时。所以，团里大多数人是在抵达莫斯科当晚，等到十点多太阳落山就睡觉，却在凌晨三点左右被透过窗帘的阳光晃醒，四五点钟困意全无的时候，窗外就已经是艳阳高照了。

我发现，我们不少人对俄罗斯有过不少误解，就拿俄罗斯人的饭量来说。

除了平台方给我们安排的团餐，我们也经常出去开小灶，但我们发现单人份的餐食量，远远满足不了我们每个人。“小鸟胃”并不匹配有着“战斗民族”称号的俄罗斯人，食不饱，力不足，设想一下，住在莫斯科郊外的大妈叶列娜在砍柴的途中偶遇大棕熊拦路，一番搏斗后被大棕熊打败，回家后被丈夫格里高利破口大骂：“叶列娜，你简直㞞得像个娘们儿！”

这显然不符合一开始的设定。后来，在莫斯科生活了八年的导游告诉我们，菜量少，缘于俄罗斯女人的中年危机。众所周知，俄罗斯美女举世闻名，走在街上，哪里都是“大漂亮”“二漂亮”，但她们步入中年后，身材会严重走形。于是，她们年轻时会注意节食，去餐馆吃饭的时候，也尽量将一人份的餐食剩下一些，餐馆的餐食量便逐渐缩水……

这种说法没什么根据，但回家后，我也会当成真事儿一样讲给拓来福听。

静静的顿河

世界杯开幕式的前几天，我们去了莫斯科不少地方。大街小巷里，通常最疯狂的是那些南美的球迷，尤其是阿根廷和墨西哥的，他们的歌声已经搞得我们听觉疲劳，这些球迷大概蹲马桶的时候都能狂欢起来。

世界杯开幕式在莫斯科的卢日尼基体育场举行，当天的比赛是俄罗斯队对阵沙特阿拉伯队。好在俄罗斯队 5 比 1 赢了沙特阿拉伯队，若是输了，我不知道球场会是怎样的场面……

这样的比分让莫斯科沸腾了一整天，次日就有人拍到了棕熊上街的画面：那是一辆敞篷轿车，后座上坐着一只比司机高出将近一米的棕熊，头戴尖帽，吹着喇叭……看来传说都是真的……

这 40 天，我们要在俄罗斯不同的城市看比赛，一些奇葩的体验也是在所难免的。

顿河畔罗斯托夫是罗斯托夫州的首府，顿河流经罗斯托夫州，所以罗斯托夫州的首府叫顿河畔罗斯托夫……真够绕的。这条信息我研究过很久，但这不重要，也许有一部小说你曾有耳闻，那就是《静静的顿河》。俄罗斯的文学作品人们很难读懂，一部分原因就是人名总能长出天际或是变来变去，就比如保尔·柯察金，一会儿被叫成帕夫卡，一会儿又被叫成帕夫鲁沙。但据说如果把小说里的人名都替换为刘能或是赵四这种接地气的名字，读者就能读出在村口苞米地里喝伏特加的感觉。

要不，我下文就说“我在顿河”吧……

我们在顿河的导游叫伊伊，是个中国小姑娘，90后，却已经在俄罗斯攻读博士了。我们在俄罗斯所有的导游基本上是二十岁出头的博士，她们也是利用假期为当地旅行社打工，显然没有太多的导游经验，但我们的确也不需要了解太多有关顿河的故事，一来，我们只在这里停留三天；二来，顿河的确没什么好玩的。

不过，我被接送我们的座驾惊艳到了，倒不是因为这辆 Benz（奔驰）商务车有多豪华，而是因为我们将它和之前在下诺夫哥罗德的座驾做了个简单的对比。当时也是一辆 Benz 商务车，但空调坏了，除了主驾驶座和副驾驶座能摇开车窗，其他空间基本上是密闭的，我们坐在被烈日暴晒了几个小时的后座上，苦不堪言。据说俄罗斯修车费用高昂，所以导游宁可被我们投诉，也不愿意花重金修空调。

顿河的这辆车不仅冷气强劲，而且空间充足，到了晚上居然还有各种让人觉得纸醉金迷的氛围灯，只是还缺些雪茄、香槟和排排坐的“大漂亮”……

第一天开车的是个俄罗斯老爷子，人狠话不多，很守规矩，怕耽误我们出行，一天只吃了一顿饭。但第二天一早来接我们的却不是他了，司机依然人狠话不多，是个年轻人，其实从始至终我一直没见过他的正脸。

伊伊坐在副驾驶座上，车没开出多远就停了，又上来一个俄罗斯人，戴着墨镜，棕色的毛发顺着两鬓布满了整个下巴。我虽然不能通过他的眼神推测他的心思，但这人风风火火，绝不是那种能耐下心来讲解的当地导游。驾驶室的座椅是一整排，可以同时坐 3 个人。上车后，墨镜男把伊伊挤到了中间，自己坐在副驾驶座的位置上。

自打墨镜男上车，伊伊就和墨镜男用俄语交流着什么，时不时还掏出几张写满文字的 A4 纸。伊伊也打过一通电话，说的是中文，但车里的收音机声音太大，我听不清她在说些什么。

十分钟不到，车停了，墨镜男下车打开了后面的车门，微笑着冲我们念叨着俄语，同时不停地做着让我们下车的手势，配合着这个手势，微笑也变成了嘲笑。

伊伊扭过头对我们简单地概括了几句：“他要涨价，否则就不让我们坐车了……”

我和小鱼坐在离驾驶室最近的一排座位，但后排的两位队友显然没有听清伊伊说了什么，被赶下车的时候，以为又抵达了某处景点，还在用刚学会的俄语对墨镜男表达谢意。

小鱼是个年纪比我小的女孩，是小组里的“大管家”，我也就经常戏谑地称她为“小鱼姐”。对于我们这些 CP（内容提供者）的人身安全，她是第一责任人，从出发那天起，我也是眼看着她日渐消瘦。

被集体赶下车后，我们的大 Benz 扬长而去，我们眼前是被太阳晒得发烫的柏油公路，身后是地势比公路低一两米的枯草地。

伊伊给出了解释：刚刚上车的墨镜男受公司指示，要求我们支付合同约定金额的 3 倍价钱，否则就丢下我们去接另一单生意。伊伊和自己的老板进行电话沟通，得到的回复是：钱不能给……

临走不忘和我们告别的墨镜男

在俄罗斯修车很贵，尤其是修玻璃

我们坐在路边的阴凉里等待伊伊的解决方案，小鱼怒火中烧，大骂俄罗斯人毫无契约精神，同时也在给伊伊的老板施压。

“唉……这荒郊野岭的，俄罗斯人太没契约精神了……”小鱼念叨着。

伊伊最终给出了答复：公司会派车继续履行我们的合同，不过，我们要先抵达最近的城镇。

Yandex 是一款俄罗斯的本地 App，涵盖了诸多功能，其中一项就是线上叫车，类似 Uber，但我们所处的位置根本没有司机接单。

一辆破旧的大巴停在了正在路边招手的伊伊面前，大家满心欢喜，因为平日里没机会坐这么破的公交车。车上的乘客都用好奇的目光打量着我们，驾驶室右侧摆着一个大钱筐，乘客只需支付几卢布就能享受“战斗民族”独特的公交服务。司机面前的挡风玻璃满是裂纹，大巴启动后，发动机的噪声导致我们根本无法正常交流。

中途车停了，坐在我前面的俄罗斯大妈面无表情地蹒跚着走下前门的台阶，也就是后脚刚离开台阶的刹那，车就启动了，几秒钟后，被折叠起来的车门才缓缓关闭。

大巴后门是坏的，不论是在高速路上飞驰，还是在立交桥上盘旋，这道门一直敞开着……

直到傍晚，我们终于漂在静静的顿河上，享受到了片刻的宁静。

球迷百态

我是个伪球迷，却在 40 天里看了 10 场世界杯比赛，说出来不怕挨揍，我离梅西、C 罗或是内马尔最近的时候，距离可能连 50 米都不到。每当精彩时刻，我都要将拍下来的视频发到相应的内容平台上并配上文案，这时候我总不可避免地词穷，身边的足球媒体记者告诉了我一个万能标题：某某一顿操作猛如虎，最后一脚射个空。

既然是外行，那我就说说外行的乐趣吧。

在下诺夫哥罗德的 8 天，我总共看了 3 场比赛，分别是瑞典 vs 韩国、阿根廷 vs 克罗地亚、英格兰 vs 巴拿马。下诺夫哥罗德的球场，恐怕也是梅西先生职业生涯中至暗时刻降临的地方。阿根廷 0 ： 3 败给克罗地亚之后，我首先担心的是我们的安全问题，因为南美球迷一旦疯狂起来，可能连自己都不会放过。当时我坐在阿根廷球迷的区域，比赛快结束时，一名克罗地亚球迷跑来挑衅，挨了一顿阿根廷球迷的胖揍之后，被安保人员带离了观众席，我的身上也被溅上了啤酒。

在观众席上，你若是感到零星水滴落到身上，那搞不好就是上层看台的球迷泼洒的饮料，但那种场合不太会有人在意。不想招惹败方球迷的最好办法就是保持一副悲痛的表情。

最爱泼啤酒的恐怕是墨西哥球迷，我曾在叶卡捷琳堡看过一场墨西哥对瑞典的比赛，墨西哥 0 ∶ 3 负于瑞典，观众席就像是开了洒水器的草坪，上空时常飞过杯子或是饮料瓶。

在世界杯赛场买来的饮料瓶盖都会被收走，可能主办方怕的就是装满水的瓶子被扔进赛场吧。

比赛快结束了，墨西哥已经无力回天，我眼睁睁地看着身边的一个墨西哥小伙子从歇斯底里怒吼到抱头痛哭。

转折来了。我没见球场上发生什么，观众席却突然沸腾了，那位抱头痛哭的小伙子和身边的人交流了几句之后突然兴奋起来，一把抱住我不停地喊“Thank you（谢谢）！”这也引来了不少墨西哥球迷的目光，他们朝着我们竖起大拇指，说着感谢的话。

我真的是受之有愧，其实大家心里都清楚，我什么都没做，他们用不着这么客气的……

我身边的足球记者说出了原因，那是因为同时进行的韩国对战德国的比赛中，韩国以 2 ∶ 0 淘汰了德国，墨西哥获得了进入 1/8 决赛的资格，而这些墨西哥球迷误把我们当成了韩国人……

一路上我一直被感恩的心包围着，我不断地呐喊“我是中国人！”直到嗓子嘶哑。瑞典的“小黄人”也时常跑来凑热闹，同样

世界杯赛场全景

说着感谢的话……

瑞典球迷被称作“小黄人”，那是因为他们国家队的队服是黄色的，球迷在观众席上成群地蹦蹦跳跳，着实像极了电影里那群“呆萌”的小黄人。

我们每个人都遇见过醉酒的瑞典老头，他们似乎并不关注比赛结果，仅仅是来狂欢的。我曾在一家寿司店遇到一个醉酒老爷子，死活拉着我看他手臂上的文身，那是一个汉字，他让我翻译，但我实在不想告诉他这个“滚”字的含义。甚至有同行的女孩在厕所里遇到闯进来的瑞典球迷……

不论国内还是国外，人们看球不整点儿啤酒总感觉少了点儿什么，但世界杯赛场的啤酒据说是减少了酒精含量的，我喝过几次，的确，说白了就像是苦一些的苏打水，可见“小黄人”的酒量不行啊。我喝啤酒主要是为了收集啤酒杯，因为那上面印上了日期，很有收藏价值。

中场休息时，买啤酒的长队甚至绵延几十米，我自然也在其中。

轮到我了，我对卖啤酒的小哥伸出了 4 个指头，因为这里还包含了同行人的。这淡如水的啤酒并不便宜，大约 200 卢布一杯。4 杯啤酒很快被摆到了我的面前，当我付钱的时候，肩膀被拍了一下，那是一直排在我身后的一个外国男人。

“中国人吗？”他问我。

“对。”我答道。

“我给你付钱。”我不清楚这人这样做的目的，还没来得及反应，他已经伸出了捏着信用卡的手，并和卖啤酒的小哥说了几句俄语。

“不用的，这是为什么？”我说话的同时，POS 机响了一声，交易成功了，这位好汉随即转身离开，还不忘扭头对我说了一句：“欢迎你来俄罗斯。”

他排了半天队，就为给我付钱，自己却什么都没买……

这一幕一直是个谜……

小床，桥，还有仪式感

我记得军训的时候，每天都盼望着赶紧结束，但到了最后一天，很多人又哭得稀里哗啦，现在想想觉得可笑。有谁不觉得年幼时的自己可笑呢？那时我们太渴望仪式感，恨不得人生的第一盒水彩笔用光的时候，都要举行个告别仪式才能丢弃。俄罗斯之行接近尾声的时候，我似乎又产生了这种感觉，最大的告别仪式将是我们在卢日尼基体育场见证世界杯的结束。不过在这前一天，我还在圣彼得堡。

如果说来俄罗斯旅游只能去一座城市，那我宁可放弃莫斯科也会选择圣彼得堡。这里在二战时期被更名为“列宁格勒”，因为“堡”字源于德语，当时反德情绪高涨，所以俄罗斯很多地方被改名为“某某格勒”，但谁让这里是彼得大帝的龙兴之地呢，最终还是把名字改回来了。

圣彼得堡似乎处处离不开彼得大帝的故事，尤其是夏宫，其实就是彼得大帝夏天住的宫殿。

我并不是有意蹭导游，只是在夏宫，一位中国导游的发问引起了我的兴趣。在彼得大帝寝宫的走廊里，一位被中国大妈围着的年轻导游问道：“你们知不知道为什么你们在俄罗斯睡的床这么小？”

在这之前，我也只是觉得酒店为了节省开支才这样做，但现在看来其中另有玄机。

“因为彼得一世生性节俭，所以为了节省材料，一定要求自己的床够小，身高两米多的他，用这种方式告诉世人：要艰苦朴素……”

很显然这不符合逻辑。夏宫光是一个喷泉就那么金碧辉煌，难道彼得大帝舍不得为自己做一张合适的床？

也许提出这样疑问的游客太多了，导游又给出了另一种说法：冷兵器时代的人们随时做好了战斗的准备，或者说为了防止敌人偷袭，都会在小床上采用一种半坐半躺的姿势睡觉，防止自己睡得太沉，遭遇不测。这种解释合理了不少，但是依然禁不起推敲。现在终究不是冷兵器时代，况且哪里来的那么多战争？谁不想睡个安稳觉呢？

最终，我查到了一种靠谱的说法：古代欧洲人被禁止贪图享乐，尤其是那种需要在床上才能享的乐，所以睡小床可以避免一些不必要的娱乐项目。

在圣彼得堡的最后一个夜晚，我走上了街头，准备去记录一件很有仪式感的事情——开桥。

每天晚上，架在涅瓦河上的桥都会缓缓开启，以便货船通行。我不知道这件事对我的意义是什么，但总觉得这是我在俄罗斯需要做的最后一件事情，一件属于自己的、有仪式感的事情。开桥的过程只有五分钟，大桥从中间分开，缓缓抬向天空，来往船只同时启动，原本堵塞的河面一下畅通无阻，问题解决了。

人生难免遇到一些问题，问题多了倒不如试试旅行。旅行不能解决问题，却可以让人暂时离开困境，去体验从未听闻的故事，或许回来的时候，心头的那座桥已经打开了。

后记：

法国队最终战胜克罗地亚队夺得世界杯冠军，闭幕式上，坐在我身旁的足球记者哭了……

2020 年元旦，我和拓来福受邀在莫斯科跨年，我成了她的向导，并一度在这个我熟悉的城市中迷了路。

夏宫喷泉秀

开桥

CHAPTER 16 印度：

崩溃的，温暖的，难忘的

作者：拓来福

在印度，我们陷入过难堪的境地，也接受了陌生人的善意；
感受了底层市井的庸碌，也体验了上流社会的极致。
我们经历的生活也是如此：
如果你正身处谷底，那么恭喜你，生活马上就会好起来了！

站在老虎堡之上的拓来福

温暖的陌生人

电影《美食、祈祷和恋爱》中，赖爷对每一个人讲的第一句话都是："你是世界的旅人。"

听到这句话，我和女主角朱莉亚·罗伯茨想法一样，"世界的旅人"这五个字简直就是为自己量身打造的。所以，当我听到一个印度人对我说"你是真正的旅行者"时，我知道，来印度是对的。

我想去印度，没有任何高端、大气、上档次的理由来装点它。我只是单纯想用我的眼睛、耳朵、鼻子和双脚，亲自去感知印度。世界从不缺少现代元素，可能印度吸引我的是没有消逝的古老气息。所有的好与坏也只有通过自己的判断，才称得上真实。

在印度，很多人终生怀有四大乐趣：住瓦拉纳西、结交圣人、饮恒河水、敬仰湿婆神。其中有三个要在瓦拉纳西实现，所以众多朝圣者会将瓦拉纳西当作目的地之一。因为恒河的中游横穿印度最古老的城市瓦拉纳西。出发前，素满多希望去瓦拉纳西。去喝恒河水、看死尸？我毫不犹豫地拒绝了。

曾经他在尼泊尔的巴格玛蒂河岸边感受过“烧尸庙”的盛况。当尼泊尔的亡魂化作青烟，尸体被扔进巴格玛蒂河，顺河而下，就会流到印度的恒河来。素满多说，他对恒河有情结，可能因为看了故事的开头，便对结局一直保有好奇。如果尼泊尔的烧尸庙是文化的缩影，那么恒河边的景象，兴许应该用盛况来形容。

素满多渴望见到盛况。

向来热爱自由行的我们这次去印度提前包了一辆车，在出行前一天，又不禁担忧起安全问题，索性临时找来一位地接导游全程陪同，这起了保镖的作用。起码素满多那款超大的号称“电影头”的 Sony 28–135 是安全的。我们把前所未有的小心谨慎都献给了印度这个国家。

目的地是斋浦尔，从北京飞到斋浦尔需要在孟买转机，为此我预留了四个小时，毕竟是在同一个机场的不同航站楼而已，时间肯定绰绰有余了。事实证明，我不能太天真，在印度发生的所有事情都是不可思议的。

下飞机后，走廊两侧极具印度风情的奇葩壁画让我和素满多有点儿兴奋，可惜这兴奋仅持续了不到十分钟。接下来迎接我们的是漫长的海关查验，我们过关生生用了两个小时，海关人员个个都是树懒，让着急转机的我们毫无办法。好不容易出了海关，我们一路狂奔取了行李，结果被 100 米长的安检队伍震惊了，又是半个小时的漫长等待，其间被无数印度人无情地插队，场面简直一片混乱，我心底的小火山随时要喷发。

安检完毕终于来到孟买机场二号航站楼的到达大厅里，我环顾四周，完全没有路标显示一号航站楼如何抵达，问了一位保安，他一直不停地重复“taxi”。恍惚间我以为听错了，什么都没有想就朝着他指的方向奔了过去，结果一出门就傻眼了，门外根本不是我想象中的摆渡车站或者轻轨车站，而是喧嚣的机场外了。如果我们要去一号航站楼，必须花钱打车才可以。这真是奇特的国家，奇特的脑回路。同一个机场的不同航站楼之间，竟然没有免费摆渡车，没有轻轨，可是我们之前完全没顾得上兑换印度卢比，哪里有钱乘坐的士？我拉着素满多转身往到达大厅跑，结果被持枪军人拦住了。我忍住怒火一字一顿地解释：“我们需要换钱，否则没办法乘坐出租车去转机，没时间了，我想进去换钱而已。”对方坚持不让我进入，用手指了下旁边的 ATM 机。我赶紧从随身背包里找出借记卡，可是尝试无数次之后，依然无法取钱。之后我挨个儿把路边的三台 ATM 机试了一遍，均以失败告终。我顿时有种叫天天不应，叫地地不灵的无力感。

此时，距离飞机起飞时间只有不到一个小时了。

素满多轻轻地吐出一句脏话。

我们试图直接去出发大厅换钱，如果我们彻底赶不上这班飞机，直接在出发大厅买从二号航站楼出发的航班就好了。于是我们拉着行李箱又向出发大厅奔去，这段十分钟的路程，充满惶恐和不安，我在内心不停地祷告，多希望有奇迹发生。要进入出发大厅时，我们再次被持枪军人拦住了去路，要求出示机票订单。我拿出一号航站楼的机票订单解释说实在没时间了，希望可以进去换钱打车。对方不为所动，解释说，必须有这个航站楼的机票订单才可以入内。我内心的小火山终于喷发了，拿着订单大声吼道："我们没时间了，又没有钱，现在又不能进去换钱，请你告诉我，应该怎么办？"素满多赶忙拉住我——毕竟他们有枪——然后温柔地问对方是否可以进去买机票，再次被拒绝。

突然，这位军人什么都没说转身就进了大厅，然后拉了另一位军人出来，看起来像是他们的长官。我像抓住救命稻草般一遍遍地跟他重复着刚才的话："我们没时间了，必须转机去斋浦尔，现在没有钱打车。"军人大哥拿过订单看了一眼，冲我们挥了下手，让我们跟着他走。当时是凌晨四点钟，我不知道要跟着他去哪里，心里咯噔一下，素满多也连忙说："我们没钱打车。"对方什么都没有解释，只是坚定地说了句："没关系的。"

他走到路边停下来，伸手拦了一辆的士，拿出钱给司机，说了些什么。司机摇了摇头，于是他又拿出两张纸币，司机点了点头。军人大哥回头对我们说："上车吧！"

我长吁一口气，眼泪吧嗒一下就掉了下来。

斋浦尔，来自男人的凝视

抵达斋浦尔后，我们出了机场大门就看到导游举着写有我的名字的牌子，所有的波折顿时烟消云散。导游看起来有四十多岁，穿着衬衫、皮鞋和牛仔裤，接下来的很多天里，他并没有换过衣服。片刻之后，司机把车开过来了，那是一辆很破的丰田车，后排的窗户怎么也关不上，和古巴的老爷车别无二致。

我们预订的是英语导游，可是刚在德里学了一年中文的高兴（导游的中文名字），开始固执地用中文和我们交流，无疑我们两个是他练习中文的绝佳人选。只是他更像一名保镖，不远不近、一言不发地站在我们身后。

早在 1876 年，斋浦尔便拥有了“粉红之城”的美誉。

那时印度为了迎接威尔斯王子的到来，特意将旧城的红砂岩房子粉刷成了粉红色，并且颁布法令强制每年刷新一次。不过我觉得那颜色与其叫粉色不如叫橙色，但是粉色在印度寓意好客和友善，也更具浪漫色彩。

在酒店寄存了行李，司机和导游就拉上我们开始了一天的旅程。印度的交通是让人瞠目结舌的，车辆偶尔需要闪避闲庭信步的骆驼、慢悠悠前行的马车、在街边乱走的牛羊，还有疾驰而过的摩托车……这是一个混乱、毫无章法可言的国度。

可是这一切于我而言，是新鲜的。斋浦尔像是有很多副面孔，在漫长的时间轴线上，留下了因历史迭代焕发的新旧交替的印记。我们进入老城后，到处都是粉红色，像是穿越到了导演韦斯・安德森的电影里，高饱和度的复古色调和平衡的对称结构让人极度舒适。尤其风之宫殿，精致得仿佛是一幅油画，和周围嘈杂的环境是那么格格不入。

建于 1799 年的风之宫殿薄得像是一堵墙，看起来弱不禁风。

在印度军人前拍摄的素满多

但是如果把 953 扇窗户全部打开，即使遇到狂风，风之宫殿也不会被吹倒。我在印度时总会感慨古人的智慧，他们在流年里把经验化作文明的符号。或许，在自然的力量面前，弱小的人类只能绞尽脑汁地想出对策以寻求生存，这种建筑智慧其实只是本能。

斋浦尔的每一座建筑都有一个属于贵族阶层的故事。他们建造它们的目的，通常只是满足个人需求和爱好。国王建造风之宫殿，仅仅是为了让深闺制度下的后宫妃子消磨无聊的时光，从窗户里俯瞰街景，享受一天的悠闲，同时确保外面的人无法窥视她们的面庞。和风之宫殿相距不远的地方，有一座简塔·曼塔天文台，它是天才王公杰伊·辛格二世的得意之作。这位狂热的天文爱好者为了探索宇宙的秩序和奥秘，就在宫殿旁建了这座天文台，可以预测当年的雨量和庄稼收成。十八世纪末，另一位热衷射鸟的王公在湖中心修建了一座水之宫殿，远远眺望，宫殿犹如浮在水面上，成群的飞鸟铺天盖地般从宫殿上方飞过，壮观极了。印度的国王们纷纷利用资本将所有爱好变成现实，难怪很多人是资本的追逐者。

而作为普通人的我们，为了爱好，只能拼尽力气去做，这条路会更加艰辛。因为这份艰辛，成果反而更加珍贵，就像是久旱逢甘霖，也是种快乐。

我们从天文台出来，高兴提议去最具有当地特色的纯白建筑看看，他说自己家里每天都供奉着恒河水，所以一定要带我们去感受一下这种不一样。这原本不在我的计划内，但是我欣然答应。

比拉神庙是由纯白色大理石建成的，当时恰好是傍晚时分，夕

风之宫殿

简塔·曼塔天文台

水之宫殿

阳为神庙洒上金光，白色的建筑像是布满了娇羞的红晕。进入神庙需要脱鞋，旁边地上摆满了各式各样的鞋子，如果你怕丢，可以交钱将鞋寄存在服务台。说是服务台，其实只是一间木头小屋，里面像书架一样摆满了鞋。

我选择了花钱寄存。

大理石台阶上坐满了人，大部分是当地人，只有少量游客在拍照。印度的拍照规则很有趣，他们用牌子划分出一个并不明显的界限，超过这个牌子的区域，不允许拍摄。所以当我从台阶上走到牌子后面时，一堆男女老少突然蜂拥而至，纷纷拿着手机要和我俩合影。素满多不假思索地一把拉过我，用双手从我的背后环绕住，把我整个抱在怀里，轻声说："别怕。"在约旦被占便宜的经历，依然让我们心有余悸。六点整，庙里突然响起音乐声，人们顿时向大门跑去，排队等拍照的人也终于离去。

我们喘了口气，跟随人潮走到殿堂正中，大家双手合十，屏息以待。音乐在殿堂里回响，几只白鸽从头顶掠过，飞向殿中的两尊雕像。我们身旁的印度人肃然而立，轻轻闭上双眼，脸上洋溢着崇敬和陶醉的神色。我和素满多混迹其中，音乐响了很久，不知道何时才结束，我偷偷睁开双眼观察这一切，感觉有点儿尴尬。

主殿里的雕像象征着好运和财富，墙壁上也有各种画像，其中有一幅是湿婆在恒河边的景象。湿婆是禁欲的苦行者，也是极乐的舞蹈之王，传说湿婆承接了从天而降的恒河，在他危难时是母牛用乳汁拯救了他，所以在印度，牛被视为母亲。

听着这些神话故事，我不免有些失神。

好多人喜欢告诉我们，人生不过一场黄粱梦，在繁复的美丽和曲折的忧伤之间循环往复，索然无味，却是人的必经历程。而我们需要做的就是欣然接受所有来自人生的恩赐。

可是，我不服气，咬着牙关抵抗命运赐予的索然无味，才能拥有与众不同的生命。

你做过的每一件事、看到的每一个场景，在人生里绝不是毫无意义的存在。或许在当下，那些细碎的场景跟随时间流逝而去，让你来不及在记忆里回味，可是在之后的某个时刻，它们会毫无征兆地突然蹦出来。

旅行的意义就在于我们可以把大自然里亘古不变的万物，以某种特定的形式永远留在记忆里。我努力翻找的东西，总在落寞时抚平我的思绪。

我们只有努力去经历，才能实现生命的价值，而神话故事终究不过是故事罢了。

男尊女卑的现象古今中外数不胜数。印度男人在娶老婆的时候，

印度女人

不仅能够得到一大笔财产，还可以随时休掉自己的妻子。如果丈夫对嫁妆数量不满意，会经常打骂妻子。印度至今还奉行着男耕女织的风俗，基本上是男人工作，女人很少出门，甚至还有当街上厕所的男人，而厕所只是半堵墙。阿克谢·库玛尔主演的《厕所英雄》并非夸大其词，高兴说的确是这样的，近些年政府才为农村建了公共厕所。

从我踏入印度大街小巷的第一步开始，遇到的所有印度男子，

印度奢华酒店

都毫不避讳地盯着我打量。素满多每每用凶狠的眼光回敬对方，有的人会立刻将眼神闪开，有的人却会回瞪一眼。或许是因为身旁有高兴陪伴，我们才安心许多。

泰姬陵的壮观和震撼，都抵不过印度男人的凝视给我留下的深刻印象。

可是当我们入住最后一家酒店之后，我们推翻了对印度的所有印象，这家酒店是由宫殿改造而成的。当我和素满多灰头土脸地从车里爬出来，侍应生热情地为我们打开酒店大门的那一刻，我们好像从贫民窟一不小心踏入了古印度贵族的宫殿。这种巨大的反差感，着实让我们受宠若惊。这并不是我们住过的最好的酒店，可是在印度，它堪称顶级豪华。晚餐时，我和素满多被四位侍应生热情地服务着。在你想起身时，他们会为你拉开椅子；当你从洗手间回来时，会害羞地发现他们正在餐厅门口等着为你开门……

那几天，我们付了很多小费。

后记：

旅行，总是要不断遇见再离去，我知道，大部分人已经见完最后一面，大部分地方已经去完最后一次。这次印度之行是崩溃的、温暖的，也是难忘的。

不过，一次就够了。

CHAPTER 17 印度：

干了这碗恒河水，敢不敢？

作者：素满多

泰戈尔这样描绘泰姬陵：

如果生命在爱火中燃尽，会比默默凋零灿烂百倍。
爱情谢幕的一刻，也将成为永恒面颊上的一滴眼泪。

当来到这里欣赏它的灿烂，
我也知晓了一段无关爱情的黑暗历史。

站在老虎堡之上的素满多

制霸印度街边摊

从印度回来的第三天我就发烧了，不知道这是不是和我三次体验街边摊有关。

第一次我吃的是 Pani Puri（印度空心球），《摔跤吧！爸爸》里两个女儿最爱吃的就是它。这是一种鸡蛋大小的油炸面球，空心。摊贩大叔在上面的空心面球上敲开一个洞，在差不多有半米高的不锈钢桶里舀上一下，灌入辛辣味道的绿色汤汁。沾满他的半只手的汁液顺势被甩了我一身。一口把面球放进嘴里咬破，味道特别酸爽，我连吃三个，当晚安全度过。

第二次是阿萨姆奶茶。摊贩身前摆放着一台大约两米长的灶台，上面是大大小小的盆盆罐罐，无一不沾满了深棕色的茶渍，不亚于一把被盘了几十年的紫砂壶。大叔向一口架在火上的铝锅里时不时地撒着棕色的粉末，这就是他即将做好的茶水，倒上一杯牛奶后，奶茶就出锅了。当晚我再次安全度过。

第三次，也就是我们在印度的最后一个白天，我和拓来福鬼使神差地来到酒店对面的一家小店铺，可能是我们被老板堆放在门口的陶碗吸引了。这是一种叫 Lassy 的饮品，我曾在一次晚饭时点过，因为菜单上备注着：这是一种印度传统食物，可选甜口或咸口。我很痴迷于一些别人不喜欢或是不习惯的口味，比如豆汁、橄榄或是番茄汁，所以我选择了咸口。当晚的 Lassy 就是一杯加了盐的酸奶，但和酸奶不同的是，它的口感并不那么顺滑，被喝到嘴里会伴随有不少大块颗粒，就像是豆花，另外酸味更像是馊了的抹布味，我小时候第一次喝豆汁也是这个感觉……最后一次的 Lassy 并没有让我选择甜还是咸，我向老板表明我要一杯之后，他转身回到了屋子里。我跟了进去，只见他打开一台冰柜，弯下腰在冰柜里左掏右掏，然后端出一个陶杯递给了我，杯子的材质和我家里绿萝的花盆差不多，有人说这种杯子是用恒河里的泥烧制的。装满 Lassy 的杯子里花花绿绿的，还有几颗干果，这次是甜的，味道不错。我把一整杯 Lassy 喝光了，其间拓来福拦了我几次，但没拦住……

印度街边小吃 *Pani Puri*

阿萨姆奶茶店

纱丽店惊魂一刻

因为带着不少拍照设备，我们包了一辆小车，带司机和地接导游。导游叫高兴，只是因为他的印度名字翻译成中文是高兴的意思。高兴曾在德里学过一年中文，我猜测他不到四十岁。我们原本预订的是英语导游，但他极其乐意用汉语为我们讲解，讲解的内容比印度味的英语还让人费解。我们用汉语和他交流，他也基本听不懂，我们只好再用英语问他，换来的是我们依然听不懂的汉语。与其说他是导游，不如说我们请了一位印度男子当保镖。

一路上，他基本照章办事，我和拓来福也基本没有提出过什么过分的要求，即便提了，他可能也听不懂。他坚持向我们传达一个意思：斋浦尔盛产宝石。每次对我们说这里的宝石有多优质的时候，他戴着两枚宝石戒指的大手，总是在空中挥舞。其中的意思我们心知肚明。

我十二岁本命年的时候，母亲从海南旅游回来给我带了一块水晶，那时我知道，原来海南盛产水晶，质量高、价格低；高考结束后，我去四川毕业旅行，那时我又发现，原来峨眉山也盛产水晶，我们这地方真是地大物博……去的地方越来越多，我逐渐发现：地球上最不缺的就是水晶、蜜蜡、地毯、丝绸、大理石、酒、香水……

有关旅途购物这方面的问题，我们可以说是见过很多的。

高兴也终于开口了，说了一句难度不低、我们却能听懂的汉语：“斋浦尔盛产宝石，我们一会儿去一个商店，了解一下这里的文化，还可以喝茶。”拓来福很婉转地拒绝了他：“我们不太喜欢宝石，可不可以带我们去一些本地集市？我们想去拍点儿东西。”

“没关系，买不买没关系的，了解一下文化，斋浦尔的文化。”

我们硬着头皮和他去了。车停在一个小院里，随即房子里走出一个印度男人热情迎接。

这显然是一家前店后厂的宝石商店，我们进门先要参观宝石原石，以及那些见到我们进来马上就开工的工人。迎接我们的印度男人用英语为我们介绍着斋浦尔的“宝石文化”，类似“红宝石”“蓝宝石”这样的词，他是可以用中文表述的。见我们兴致不高，他干脆直接把我们领进了宝石店。我们刚一进店，高兴就背对着我们慢悠悠地朝商店深处走去。

我高喊着制止了他：“高兴，然后呢？然后呢？”

“看一看，没关系，看一看。”

“看完了！走不走？”

“买不买没关系。”

“我想回酒店，现在！”我直接推门而出，拓来福紧紧跟随。余光里，我看见高兴和那位一直为我们讲解的印度男人简单交流了几句之后才出来。

我猜，如果按照正常流程，接下来应该是这样的：高兴坐在商店深处的一把椅子上看报纸，店员殷勤地为我和拓来福的每一根手指都选择了一枚戒指，不厌其烦地更换。这时，另一位店员端来了两杯红茶，那将是我们整个旅程中见过的最剔透的玻璃杯。最后，不管是现金、VISA（维萨，信用卡品牌）、万事达，哪怕是微信、支付宝、Apple Pay，都绝对行得通，大家都开心。

我不想把钱花在这上面，因为我确实对宝石没什么研究，哪怕有人拿块绿玻璃碴子跟我说这是祖母绿，我可能都会信。不过我有些后悔：我不该表现得那么暴躁，买不买的确没关系，好聚好散，没什么大不了的。

拓来福扭头对走出来的高兴解释："我们去过很多国家，这样的商店也见过很多，来印度的目的是了解真正的印度，我们更乐意看一看当地人去的地方。"

高兴听罢，轻轻地说了一句："你们，是真正的旅行者。"

司机带我们来到了一处本地集市，其实就是道路两侧大大小小的门脸儿和摊位。车恰好停在了一家纱丽店门口。店主很殷勤地给我们打开车门，把我们带进了他的店里。

店里三面墙都是摆放着纱丽的格子，三面墙下是高出地面30厘米左右、类似火炕一样铺着地毯的高台。我们站在台子下面，老板一步迈上了台子，随即进来两个年轻伙计，顺手关上了店门，门上原本有窗户，却被几块花布盖得密不透光。

"看点儿什么？"老板用很浑厚又带着轻浮的印式英语问了一句。他体态微胖，两鬓和下巴留着胡须，左手支在货架上，右手叉腰，双眉上扬，上身虽然微弓，却依然居高临下。两个伙计站在门口，几乎堵住了出去的路。高兴站在我身旁，我问他：“为什么要关门？”他似乎没听懂，或是根本没想听，对我毫不理会。

“我有点儿害怕……”拓来福说。

我们只好花点儿钱了，这阵仗让人感觉不太妙。

“你快挑吧，买完赶紧走人。”我对拓来福说，语气带着一些不耐烦。

纱丽，简单来说就是一块巨型的长方形丝巾，印度女性最出名的服饰，穿着要领并不复杂，但没人教的话，确实不知道该怎么穿。据说一件纯手工的纱丽价格不菲，但我们只是挑选了两件颜色鲜艳、做工手感比较粗糙的纱丽。

“要为你穿上吗？”老板问道。

“NO！ NO！ NO！”我和拓来福几乎异口同声道。

“我会给你个不错的价格。”虽然是两件价格相同的纱丽，老板依然拿着计算器按了半天。

“2200。”老板给我看了计算器上显示的价格。

我无心砍价，只想尽快逃离，何况印式英语实在难以听清。我用左手掏出钱递给老板，他却没有马上接过去，而是严肃地看着我说了句什么，见我没听懂，便又重复了一遍，直到他说第三遍的时候我才明白，他说的是：“请用右手付钱！”

我终于恍然大悟，早就听说印度厕所很少有厕纸，他们解决完问题之后，通常是用左手完成接下来的步骤，所以印度人认为左手是肮脏的……

出门后，我快步走着像是要逃离。拓来福似是已经稳住心神，又担心我的坏情绪持续太久，用手拉着我的衣角轻声说："其实，他们是觉得要给女生试穿纱丽，让外面的人看见不好，所以习惯关门。你别怕。"

我突然有点儿内疚，便摸了摸拓来福的头。

纱丽店老板

吃饭这件小事

在印度任何一家餐馆吃饭，你结账时服务员都会拿着一张含税的账单对你说“这里不包含我的小费”，不论他是否提供了服务。

在印度的行程中，我们没有提前选好餐馆，只是听从高兴的安排，他带我们去哪儿，我们就吃什么。但通常我们会被带到一些味道不佳或是极为冷清的餐馆，即便只点了一份意大利面外加一份咖喱羊肉配Naan（印度的一种烤面饼，类似于烙饼，但比烙饼薄且硬），也要花费两三千卢比（两三百元人民币）。

有一次我们在一家几乎200平方米的餐馆就餐，这里除了我和拓来福，再无其他客人。服务员们上菜之后，全都来到大厅中的一处角落，仰着头看着餐馆里唯一一台悬挂着的电视。炒面混杂着一股熟悉的馊抹布味，Naan也硬到几乎能剐破上颌。

这是我们用时最短的一餐，当招呼服务员结账的时候，同样的桥段继续上演：“这里不包含我的小费……”

两道主菜、两罐可乐，又是两千多卢比。这样的价格在印度这种消费水平如此之低的国家，不亚于三口之家周末在北京国贸预订一桌体面的晚宴的价格。

我按照账单金额，如数掏出口袋里的整钱和零钱，除此之外，还多放了五十卢比。我是在给小费的国家，知道这是规矩，虽然我很清楚他其实一直躲在角落里看电视。

负责收款的服务员一直站在我身边，对放进账单簿里的金额心知肚明，接过账单簿，头也没回就走了。

上车后，高兴问我们："这家餐馆味道怎么样？"

"不怎么样！"我如实回答。

我和拓来福当晚在猫途鹰上选择了一家当地排名第二的餐馆，名叫 Tea'se Me，决定次日中午去尝尝。

司机和高兴显然没听说过这家餐馆，司机跟着导航开错了几次路之后，终于把我们送到了。和往常不同，高兴并没有把我们带进去，只是在副驾驶座上嘱咐我们："20 分钟后回来。"

"我们大约需要一个半小时。"我回应道。

Tea'se Me 是一家建在二层的餐馆，顾客就餐时可以坐在室内或室外，也可以再上一层，坐在整栋建筑的天台上。

这家店明显没有之前那几家那么冷清，室外的音箱放着摸不着规律的印度电子乐，刚到中午 12 点，这里就已经坐了两桌客人，都不是印度人。

其实印度人的吃饭时间很有意思，很多印度人会在上午 11 点吃早餐，午后 3 点吃中餐，晚上 9 点吃晚餐，下午四五点的时候，保不齐也会来顿下午茶。当然，这是印度富人才有的生活。据说会有不少穷人每天只在上午吃一餐，也有不少虔诚的印度教徒会在周二全天不吃东西。

我想应该不是心理作用，这家店的东西的口味的确远超前几家。可能是还不到用餐高峰时间，店员还未到齐，全程由老板亲自服务，他话不多，让我们觉得并不浮夸。账单更是喜人——一千二百卢比，这包含了一份意大利面、一份咖喱鸡肉配 Naan、一份冰激凌、一份铁板巧克力布朗尼、两罐可乐。

送来账单的同时，老板还端来了一壶沏好的马萨拉红茶，却没有如那些服务员一样提起小费的事。

“这是一份马萨拉茶，送给你们的，有益健康。”老板和我们寒暄起来，“你们感觉这餐味道如何？”

“非常好，尤其是那道巧克力布朗尼，这是我们第一次见到这种做法，有点儿意思。”拓来福回应。

“你们是怎么知道我这家店的？”

“猫途鹰。”拓来福拿起放在桌上的手机给老板看。

“那能否给个好评？”这时老板递来一张字条，上面写了一句话，大概意思就是，这家店服务不赖、口味贼好、吃完还想来等，“写上这句话吧。”

“好的。” 拓来福按照字条上所写，将评价输入到评价框中，并点击了“发布”。

“感谢你的服务。”拓来福微笑着对老板说，并准备拿起背包离开。

老板却掏出手机，简单端详了几秒钟后收起了微笑，说道：“没有见到你的评论啊……”

“啊？不会呀，你看到我评论了不是吗？”

“可不可以再评论一次？”

“好吧……”拓来福看着我无奈地笑了笑，按照字条上面的文字重新输入了一遍，“看，我发布了。”

“还是没有……”老板对着手机上搓下搓了几下之后说道。

“也许是因为账号或是网络问题吧。”我并不想因为这种小事耽误太长时间，于是对老板解释了两句，“今晚回到酒店之后，我们会重新评价，我保证。”

从餐馆天台看到的景象

下午拓来福再次打开猫途鹰后，发现那条评论赫然显示在评论区里，其实评论是要经过审核的，有些延迟而已。晚餐时我们再次来到这里，除了味道的确不错外，再次光顾的原因也是想告诉老板，评论成功了，我们是讲信用的！

晚上的服务员比中午多，音乐也柔和了不少，一个蓄着大胡子、戴着头巾的印度大叔为我们服务。戴头巾的印度男人通常属于锡克族。锡克族人大多身材魁梧、蓄须，有不少“开挂”的行为是锡克族人做出来的。锡克族人即便是参军也不会戴头盔，最多戴迷彩的头巾，要把头发全部包裹住，不能外露。

我和拓来福坐在室外吹着微风，锡克族大叔不声不响地为拓来福送来了毛毯。我也被锡克族大叔劝了几句，小酌了两杯。在如此美妙的夜晚、如此美妙的餐馆，我和拓来福产生了一种置身于爱沙尼亚中世纪城堡酒吧的感觉。

账单依然喜人，合人民币 100 元出头，递来账单的同时，锡克族大叔说了句：“这里不包含我的小费。”

我多塞了 200 卢比进去。

泰姬陵背后的传说

有一段时间，几张世界著名景点的反差图很盛行，比如圣托里尼凌乱的峭壁、金字塔下刁蛮的埃及人，还有就是泰姬陵旁边令人作呕的垃圾。几年前，我曾在圣托里尼看过日落，那绝对是我最美妙的人生体验之一，那种无声的震撼，差点儿让我这个当时在观景台最高处站立着的中国人潸然泪下。其实有些体验仅仅用二维的图片是无法表达的，泰姬陵也是一样。

想看泰姬陵必须勤奋，前一天高兴建议我们九点半再去，被我们一口回绝，我们要求六点前就到。好在酒店距离泰姬陵不远，但是五点半的时候，售票处就已经人头攒动。

清晨和黄昏的光线最温柔，也最能拍出优质的照片，我们本想去拍泰姬陵日出的延时摄影，可这显然不太现实，因为泰姬陵不准带三脚架进入，大点儿的背包都要寄存。印度很多景点按性别分别安检，女性队伍往往比男性慢很多，所以我和高兴在门口等了很久，拓来福才出现。我们历经检票、安检后，天已经亮了。

有关泰姬陵的故事，我或多或少知道些。一位痴情的帝王历时二十二年斥巨资为亡妻盖了一座举世瞩目的陵寝，大理石雕刻而成的宫殿里，埋葬着亡妻和自己。

其实泰姬陵的故事还有更悲情，或者说更黑暗的一面。

莫卧儿帝国皇帝沙·贾汗在1631年为第二任妻子修建泰姬陵，请来了波斯最著名的设计师乌斯泰德·伊萨。他问设计师有无妻子，感情可好，设计师回答：有，感情深厚，堪称模范。于是沙·贾汗下令杀死了设计师的妻子，理由是：这样设计师就可以怀揣着一颗体验过亡妻之痛的心为他设计泰姬陵了……

泰姬陵建成后，设计师和不少主要建设者再次迎来一劫。他们被砍去了双手，理由是：没有双手，他们就再也建不出这么美的艺术品了……

这会不会是历史上第一个“独家战略合作协议”？报应来得很快，在泰姬陵建成的第四年，也就是1657年，沙·贾汗重病，第三个儿子奥朗则布趁机夺权，并将沙·贾汗囚禁在泰姬陵对面山上的阿格拉堡。

我不愿去辨别历史的真伪，只想缓慢地体会泰姬陵的真实感，这种渐入佳境的感觉尤为奇妙。我越是靠近泰姬陵，就越能感受到一种气息——那是几百年前血与泪的味道。陵寝中的空气里散发着霉味，两座石棺被安置在建筑的中心，游客围绕着它们游览。这里不能长时间停留，我们跟着队伍绕了一圈就走出了泰姬陵。也许进门的时候我还当自己是个走马观花的游客，此时我却有一种临别的危机感。

泰姬陵

阳光逐渐变得刺眼，我们在泰姬陵的阴影中吹着风，享受着旅行带来的稍纵即逝的快感。

午后，我们来到了泰姬陵对面的阿格拉堡。自沙·贾汗被囚禁在阿格拉堡那天起，他每天都会眺望泰姬陵，从日出到日落。八年后他在这里去世，被埋葬在了亡妻身旁。站在阿格拉堡的城墙边，我用长焦镜头远远地望着泰姬陵。这里似乎就是当年沙·贾汗站的位置，我即便透过长焦镜头，也根本看不清泰姬陵下的游客。午后的泰姬陵已经逐渐泛黄，几百年来，空间没变，时间却在不断地雕琢着它。这八年沙·贾汗都思考了些什么呢？那件他用二十二年才做好的珍宝在远处一动不动，纵然是千秋万代，这又如何？

沙·贾汗大概就是在这里眺望泰姬陵的

我再也回想不起在泰姬陵时最深刻的感受，也许只有身处其中的那一瞬间才能体会，而那段记忆我已存放在了泰姬陵里。

后记：

拓来福问我，在印度最难忘的事情是什么？

我说："在印度最难忘的是 Pani Puri 的味道，还有在阿格拉堡眺望泰姬陵……"

CHAPTER 18 秘鲁：

等一次
日出

作者：拓来福

三年，
我们在肯尼亚的日落之后，
终于等来了秘鲁的日出。
它们都是另一个半球里关于拯救的解药。

三年，
我们终于从此岸渡至彼岸。

登顶没有建完的马丘比丘

我的老公得了抑郁症

从印度回来后，素满多的抑郁情绪并没有好转。我看了很多有关抑郁症的书籍，张进的“渡过”系列给了我很大的帮助。我把书放在公司，每天中午边看边做笔记，参考了很多案例之后，终于下定决心说服素满多去医院接受药物治疗。抑郁症，是人在经受打击后，长期低落的情绪没有改观，大脑产生了器质性病变。即使抑郁症是一种自限性疾病，有时靠患者自身的生命力量能自动中止病程，但是大道理和精神鼓励对器质性病变依然没有用。这就好像一个人大腿骨折后，你对着他说：“站起来！加油，站起来！你可以的！”

“素素，不是你的错。你很勇敢，只有勇敢的人才能战胜这些痛苦。”

“素素，我们太一帆风顺，总要遇到一点儿波折才称得上人生。”

“素素，我们还有大半个世界没见过，你想去的地方那么多，我们一个一个地去看吧。”

…………

我总是这样鼓励他，循序渐进地劝导，用下一站作为诱饵和解药，点燃素满多对未来的渴望。新鲜的旅途，就像多巴胺一样，源源不断地传递快乐。但是我们不可能永远在旅行，一年 365 天，终归有两百多天得面对现存的生活状态。没有人相信素满多得了抑郁症，没有人看到夜晚的他是如何整宿整宿地失眠，又如何在第二天清晨艰难地睁开双眼。

只有我知道。可是没有人来教我如何做是对的，路怎么走才不会选错。

我终于愿意承认，我的老公得了抑郁症。不管是他还是我，接受这样的事实，不是一件容易事，更不容易的是说服素满多去医院——那属于我们的未知领域。直到我们的朋友小鱼——那位和素满多一起去俄罗斯的小姐姐，用一句话就成功说服了素满多。小鱼是睡眠障碍患者，她说：“你要相信现代科学。”

就这么一句话，打动了素满多。

2019 年 4 月，素满多终于答应去安定医院了。我们把车停在不远的小胡同里，然后步行过去，经过医院后门，天上飘着的小雨更添了几分冷清之意，从后门的大铁门外望过去，连一个人影都没有。素满多瞬间打了退堂鼓：“要不，我们回去吧。”

“来都来了，不能走。”我紧紧拉着他走向门诊楼。我俩刚踏进医院大门，就见熙熙攘攘的人群，和后门住院部景象截然不同。这人气儿、这喧嚣让我俩都稍微踏实了点儿。

我提前挂了王刚院长抑郁症知名专家团队的号，医生是史晓宁大夫，副主任医师。我选择她，是因为第一眼就觉得面善，值得信任。素满多表示要自己进去和医生聊，我就站在门外。从门上的玻璃看过去，史晓宁医生很温婉，留着长长的披肩发，我的直觉告诉我这是位宽厚平和之人，天然给人一种信赖感。其间有位中年男性想敲门进去，我把胳膊一伸，坚定地阻止道："您等等，他好不容易才鼓起勇气来的，不能被打断。"我说完，眼泪就忍不住掉了下来。

从医院出来，素满多长吁一口气："原来，我只是病了。"

那天以后，我开始像写日记般记录他服药后的反应。

· 4月29日，服药第一天

素素努力表现得不消极，淋巴有点儿肿大，不疼，不知道是不是上火；吃了安眠药，睡眠质量提高，早上醒来不再痛苦。

· 4月30日，服药第二天

他在家呆呆地躺了一天，感觉身体内有对抗力量，心慌，做不了其他事情。他说自己变成了一只蚕蛹。

· 5月1日，服药第三天

抵达清迈，我陪着他去旅行，可以稍微转移注意力。今日他不消极，说开始犯懒，中午饭后吃过药后，头开始轻微疼痛。

· 5月2日，服药第四天

我们报了学习做泰餐的培训班，一大早有司机来接。素素全程面无表情，我很担心，但是他说只是因为心里平静如水、没有情绪。他戴着墨镜，冷酷地拿着菜刀切洋葱的样子，像极了黑社会老大。

- 5月3日，服药第五天

上午十点半，素素在酒店喝了一杯咖啡，晚上吃了安眠药，但是没怎么睡好，不知道是不是咖啡的原因。

- 5月4日，服药第六天

离开清迈的时候，素素说眼睛有点儿模糊，好像视力下降了，没什么食欲，但还是坚持吃完了一大份杧果糯米饭。

- 5月5日，服药第七天

他吃了两片药，加了一倍的剂量，抗争力量更加厉害，但是不那么难受了。

- 5月6日，服药第八天

我对素素说："视频咱先不做了，要不咱们开始写书吧。这是我的梦想，你帮我完成梦想，好不好？"

素素说："好的。"

那期间，我们在新加坡认识的朱老师来了一趟北京。我们感慨着时间过得真快啊，和人的相见需要用年来度量。朱老师走之前建议我："你们不如去看一场日出。当你忘记一切，见证太阳升起的全部过程，会对未来充满希望，好像自己也会发光。去找下一站吧，学会放空自己。"

在黑暗的日子里，是朱老师时刻鼓励我带素满多去看医生，告诉我："车坏了可以修，人生病了可以吃药，只要希望还在，就没什么大不了。"

当人面临绝境时总会胡思乱想，某一时刻我也会这样想：让素满多拥有这段经历的只是来自另一个世界的神秘力量，这股力量从2016年奶奶去世开始萌芽，那一年，我们在肯尼亚马赛马拉大草原上的落日下，遗失了往后三年的积极能量。三年后，我们要从一场盛大的日出里得到大结局般的救赎，一切都将恢复最初的模样。

然而这只是我的胡思乱想。但是我们并肩坐在高山之上，看一场完整的日出，见证天空逐渐明亮的过程，这也是极美的事，可以将这列入人生清单的前十名中。

某天，我对素满多说："9月份我可以请年假，和中秋节假期加起来差不多有半个月时间度假。你想去哪里呢？"

他思索良久道："秘鲁怎么样？我们还没去过南美洲呢。"

伊卡沙漠星空下的篝火

我们出发去秘鲁的前几天，看到新闻说位于巴西境内的亚马孙热带雨林起火了，这场大火烧了二十多天。有数据统计，巴西每年有 7500 平方千米的雨林被砍伐和烧毁。“世界之肺”在一点点消失，亚马孙热带雨林正从天堂变成地狱。如果亚马孙热带雨林消失了，很多地区将永无四季交替。这是一则让人悲伤的新闻。所幸，亚马孙河的起源之地秘鲁在这场大火中毫发无伤。

2019 年 9 月，历经三十多个小时，我们终于来到世界的另一边。

第二天凌晨五点，司机准时到民宿接上我们，开车三个半小时去往伊卡沙漠。是的，秘鲁竟然还有沙漠。傍晚，太阳没那么烈了，我们去参加了提前报名的沙漠越野项目。这里的沙漠越野和世界上任何一个沙漠的越野项目别无二致。但是我们一直对此很上瘾，不管是在约旦还是迪拜，都要一次次地参加，在沙漠里尽情地呐喊，没人说你是疯子。这次的车竟然是敞篷的，风沙灌进衣服和正在尖叫的嘴巴里，脸被风吹得变了形。越野车在沙漠上自信地飞驰，冲上一个沙丘又去冲下一个。这些司机都是生活在沙漠绿洲里的当地人，对这片沙漠了如指掌，在我们看来完全一样的沙漠里，他们能分辨出哪里是路，哪里是沟壑。临近日落的时间，司机将我们带到一片高地，余晖铺满沙砾，分出不同的色泽。我和素满多并肩坐下，看阳光一点点消逝。

回去的路上，司机开车到沙漠的另一边停下，有位中年男子正在摆弄炭火，听见响声，抬起头大声喊着："两个，中国人。"于是，我们下车，车上其他人动也不动。

"你们都不来参加吗？沙漠星空烧烤啊！"我惊讶地问其他人。他们分别来自西班牙、美国和澳大利亚，通通笑着摇摇头，祝我们享受美好的夜晚，然后司机带着他们呼啸而去。

我和素满多惊呆了，问摆弄炭火的人："不会只有我们两个人吧？"

对方笑了笑道："还有我和我的弟弟，很荣幸为你们服务。你们可以叫我安德鲁。"

我惊讶不已，还有惊喜。整个小镇竟然只有我们两个人预订了星空篝火晚餐。天已经黑下来，沙漠里变得伸手不见五指，只有眼前微弱的炭火在噼里啪啦地努力燃烧生命。我拉着素满多向沙漠高处跑去，沙漠下是绿洲里的伊卡小镇，那些星星点点的灯火在夜幕下分外温暖。我突然哭了出来。

"你哭什么呀？"

"就很感动啊。你看，星空、沙漠，只有你和我。"

"大傻子。"

安德鲁远远地呼唤我们俩，小方桌上早已摆满了烤好的鸡翅、

星空下的小饭桌

玉米、青笋、火腿之类的东西，甚至还有可乐、甜点。我们坐下来，安德鲁把手电筒朝着天空放在保温箱里，打开音响放了一首爵士乐。素满多突然郑重其事地伸出手："来，握个手吧。"

我伸出右手，笑着说："就咱俩，感觉还挺好。"

"谢谢你，就，加油吧。"他嘻嘻哈哈地吐出这几个字。

"谢什么？"

"谢谢……不抛弃不放弃。那，开吃吧！"说罢，他拿起鸡腿就啃起来。

初春的秘鲁其实还有丝丝凉意，夜间的沙漠里更不例外。白天炽热的阳光早已消散，月亮升上来，在沙丘上铺了淡淡的一层光芒，我突然觉得自己像这沙漠里的一粒尘埃，很渺小很渺小。在夜风里，

一直走，是否可以走进月亮里去

我不禁打了个冷战。我们吃完烧烤准备离去的时候，安德鲁把越野车的车灯打开，唰的一下，灯光刺穿了夜空，沙漠被映得透亮。我沿着这束光走向沙漠深处，好像走着走着，就能走到月亮里去。

我和素满多坐上越野车，系好安全带等待安德鲁把车启动，可是轰隆隆几声后，车动也不动。我俩竟然一点儿不紧张，不约而同地相视笑起来，想到了三年前在肯尼亚的遭遇，历史惊人地相似。车真的再也打不着火了，安德鲁的弟弟试图推一把，但是车轮陷在沙漠里，纹丝不动。他们打了几个电话，抱歉地让我们等一等。不一会儿，另一辆吉普车开过来，从后面顶了下越野车，依旧没有用。无奈之下，安德鲁让我们乘坐这辆车先行离去了，留下他们待在原地等待救援。

其实，我们在沙漠里待一整宿也未尝不可。

因为，这里有爱人，有音乐，只是没有酒而已。

亚马孙热带雨林，从徒步开始

从伊卡沙漠返回利马后，我们便马不停蹄地乘坐飞机前往此行的重头戏——伊基托斯。

伊基托斯是秘鲁亚马孙热带雨林地区的最大城市，没有公路和铁路与外部连接，像亚马孙河边的一座孤岛。这里最初是印第安人的渔村，曾经只能乘小型轮渡从亚马孙河逆流而上。在很长的一段时间里，这个渔村就像是与世隔绝的世外桃源。如今人们可以乘坐飞机抵达伊基托斯，它用最原始的热带雨林生态吸引着来自世界各地的旅人。亚马孙河在印第安语中的意思是“撞碎独木舟之河”，在印第安人的心中，它是最为波澜壮阔的存在，没有任何一座桥梁可以凌驾于亚马孙河之上。

有人说：“世界上只有两条河流，一条是亚马孙河，另一条不是。”

我们下飞机的时候才 9 点钟，伊基托斯的塞卡达机场已经人声鼎沸。机场很小，只有一个行李传输带，热带雨林里度假村的司机已经举着名牌在出口等待我们。他不会英语，帮我们拿上行李后，就将它们一股脑儿地塞进后备厢。车很小，他抱歉地比画着，我猜测他的意思是车里没有空调。还穿着长袖牛仔衣来不及脱掉的我俩，顿时感受到了热带雨林的潮热气候，不一会儿就大汗淋漓。司机把我们放到亚马孙河边，示意我们少安毋躁。我和素满多下车躲到岸边的木棚里，商量着到了度假村，先洗澡然后换身清凉的衣服睡个午觉之类的再出发。不一会儿，一艘小木船漂到岸边，司机把我们的行李搬上去后，木船晃了几下，船头猛地下沉了一点儿。我和素满多分坐在木船的两侧，这样可以让小船保持平衡，船上坐着六个人，其中一位自我介绍说是我们的向导，叫 Dexter。他兴高采烈地把我们介绍给其他人，他们是我们度假村的客人：一对中年夫妇带着小男孩，他们是西班牙人；另外一对年轻的情侣来自澳大利亚，坐在我身边的男士自我介绍说叫 Simon，我看到他伸出的右脚穿了一双“飞跃”牌的黑色球鞋，这中国复古潮流跟得还不错。素满多私下更愿意叫他李雷，而李雷那位显得矜持的女朋友自然就叫韩梅梅了。今后的几天，我们将共同玩耍。

我们还没来得及适应热带雨林的温度，徒步旅行就这样毫无预兆地开始了。

小船停在岸边，向导把事先准备好的长筒雨靴递给我和素素后，拿起一把砍刀，带着我们一头就扎进了热带雨林。这里的植物显现出不真实的翠绿色，硕大的叶面洁净得一尘不染，林木高大茂盛，脚下的叶子沾着泥土和露水，我这才猛然意识到：呵，我们终于来到了亚马孙热带雨林。

在我臆想的世界里，热带雨林应该是这样的：厚重的枝叶下蟒蛇横行；雾气蒸腾的沼泽地里，鳄鱼时不时地探出脑袋等待着猎物；

河里是最危险的食人鱼。如果人一不小心掉进河里，瞬间就会被食人鱼撕成碎片……

我低头看脚下的路，发现西班牙那位身高将近一米九的爸爸——我们叫他“190”——竟然光着脚，没穿长筒雨靴。他身着短裤短袖，黑黝黝的皮肤像极了从热带雨林里跑出来的野人。

接下来的路上，Dexter穿过与人一般高的灌木丛，用砍刀披荆斩棘地杀出一条路来；我紧紧盯着周遭的一切，隐约觉得布满青苔的石头和朽木上有野生动物经过的痕迹；我们没有遇到蟒蛇、溪流中也没有鳄鱼埋伏，偶尔Dexter手舞足蹈地号召大家凑近点儿，可能有一只一动不动地趴在枝头的毒青蛙，或者有拳头那么大的铁甲虫，要么就有一只狼蛛，在地上乱爬的子弹蚁……

其中最可怕的动物非子弹蚁莫属，它被评为“全球十大毒性强的动物”之一，是蚁族的异类。

对于除了子弹蚁以外的小动物，Dexter总是会轻轻拿起它们，像对待几天没见的老朋友，然后放在自己的胳膊上，异常温柔地注视着它们。他会怂恿我们尝试和这里的小生灵们互动，素满多总是第一个接力者。澳大利亚的韩梅梅总是远远地躲在两米开外，眼睛里透着一丝嫌弃，这丝嫌弃让想尝试的李雷也不好意思开口。素素让Dexter把毒蜘蛛放在他的胳膊上，蜘蛛就开始慢慢地向外爬去。

“疼吗？”我轻轻地问，生怕惊动了蜘蛛。

他龇牙咧嘴，很夸张地吓唬我：“有点儿，像针扎一样，它的脚上好像有刺。”

我看向望眼欲穿的李雷：“你不试一下吗？看起来很有趣。”李雷躲过女友犀利的眼神，把拳头伸向素满多的胳膊，蜘蛛顺势慢悠悠地爬向了李雷的拳头。每当我们跟随 Dexter 的引导时，“190”总会一个人擅自行动。他返回去找到那只绿油油的毒青蛙，试图从背部拿起它，突然，青蛙跳到了他的肩上，他叫了一声，大家凑过去，可是青蛙完全没有下来的意思，顺势又爬到了他的头上，就那么趴着，足足有五分钟。

“190”的儿子说渴了，Dexter 就带我们走到一个木棚子里，有当地人正在做橡胶，棚子的地上放了很多看起来刚砍下来的甘蔗，还有一台木制的机器，很像乡村里的辘轳。Dexter 随手拿起几根甘蔗，喊素满多和李雷两位青壮年上阵，使劲摇了几下后，甘蔗就变成甘蔗汁从竹筒里流了出来。

这么原始的解渴方式，新鲜极了。

临近正午，我们乘船来到度假村，Dexter 特意嘱咐说，等一下吃午饭时，厨师会使劲摇铃铛，当我们听到铃铛响的时候，就说明要开饭了。接下来的几天，都是如此。我们走进独栋的木屋别墅后，就那么一秒钟，意识到自己已然成为一位原始人。这里没有电话，没有网络，没有热水，没有电灯，甚至基本没有电——除了厨师做饭的时候。

原始让我和素满多更觉刺激。

午后，暴雨突至，Dexter 给我们发了雨衣，说等一下要带我们继续去雨林徒步游览，这次要走得更远一点儿。他说，雨经常毫无征兆地来又悄无声息地走，热带雨林茂密的树冠也会挡住雨水，不会影响什么。于是，那天下午，我们几个如约在暴雨里出发了，这雨果然来了又走，走了又来，如此反复了一天。这次我注意到，“190”终于

"190"的全家福

脚下，是亚马孙热带雨林的路

把长筒雨靴穿上了。和我们一同上路的还有留在度假村再也不走的野猴子，老板叫它 Ramona，中文名欠欠欠，很显然，这是素满多起的。

晚上吃饭的时候，我们和 Dexter 讨论着接下来的行程。我求他第二天一早带我们去亚马孙河看日出，他说："那需要凌晨五点出发，你们可以吗？"我坚定地点了点头。素满多也雀跃地要一起前往，渴望拍到最美的日出。韩梅梅有点儿胖，但是五官分明，鼻子秀挺，如果瘦下来，和《女魔头》里的查理兹·塞隆有一拼。她挺直身子，眼睛盯着刀叉，淡淡地对李雷说："我是不会去的，太早了，我需要睡觉。"李雷好像已经习惯了女友的矜持，轻松地说："没关系，我一个人去。日出应该会很美。"

凌晨五点钟，天还没亮，Dexter 就带着我们三个出发了。他坐在船头拉动马达，嘟嘟囔囔地说着："天上有云哦，可能要等半个

偶遇一只野生菠萝

榨甘蔗汁的男人们

小时，如果半小时后太阳还没露脸，今天就看不到太阳了。”清晨的亚马孙热带雨林中演奏着大自然的乐章，各种鸟儿和虫儿窃窃私语，细碎的声响反而衬得此时此刻特别宁静。小船沿着亚马孙河往前开，Dexter 把速度放慢，关闭了马达，让我们倾听大自然的声音，然后指着旁边的树林。或许是马达声惊动了鸟儿，一大群鸟儿从树林里飞出去，像箭一样射向天空。

云并没有散去。

我们也没有看到亚马孙的日出。

穿着草裙的印第安部落

我们在亚马孙热带雨林住了很多天，每天都是在大自然的叮咚响声里醒来。雨林能把这些洪亮的声响变成缕缕柔丝，让它们溜进耳朵里。我们这安静私密、与世隔绝的木屋，拉开窗帘就是一片片黄绿相间的稻田，稻子在微风中摇曳，飞鸟会在晨曦和黄昏中穿越亚马孙河迁徙。晶莹剔透的露珠沿着窗外的茅草屋檐一滴滴地滑落，流水风吟，世界特别祥和。

有一天清晨，Dexter来叫我们俩，说西班牙和澳大利亚两家人都要离开雨林去镇子上住几天，大家在等着和我们告别。我和素满多立刻拿上背包，登船送大家到镇子上的码头，西班牙人很热情地和我们俩吻别，澳大利亚的李雷和韩梅梅说有缘在马丘比丘相见。送别大家后，我俩有点儿怅然若失，接下来的两天，度假村只剩下我们两个客人了。

回到船上，Dexter临时说要带我们去一个神秘的地方。船靠岸后，他带我们俩朝热带雨林深处走去。雨林里的小路永远是泥泞的，我们走了差不多十分钟，发现高大的雨林灌木中有一大片空地，坐落着一间直径有 10 米的茅草屋，屋子只有一扇小门，门口挂着手工笛子和鼓之类的乐器，然而一个人也没有。Dexter 笑着拿起鼓槌就敲起来，咚咚咚——咚咚咚——就那么一瞬间，从茅草屋的侧面陆续走来几十位土著人，男男女女，老老少少，看起来是一整个印第安部落。

Dexter 介绍说，这是亚瓜斯印第安（Yaguas Indians）部落，他们一直生活在亚马孙热带雨林里，游走在原始和现代文明之间，是“亚马孙最后的猎人”。

据传 1541 年，西班牙探险队在南美洲发现肉桂之后并不满足，当听说丛林深处还有黄金时，德·奥雷利亚纳率领一支 50 多人的探险队，又一头扎进了亚马孙丛林，企图寻找传说中的“黄金国”。他们一路劫掠沿岸的印第安部落，直到他们在河上遭到成群好斗的当地部落妇女的攻击。在西班牙人看来，这群勇敢彪悍的印第安女子就像希腊神话中拉弓搭箭的“亚马孙”女战士，所以便将脚下的河流命名为“亚马孙河”。也有一种说法，这群好斗的女战士其实是围着草裙、手拿“吹气枪”的亚瓜斯印第安部落的男人，只是被西班牙人误认为是女子罢了。

亚瓜斯印第安部落的土著，不管男女身材都十分矮小，身高差不多一米五，女人们将草裙挂在胸前，开始用买来的红色棉布做成裙子遮蔽下体，而男人们依旧钟情草裙。其实草裙并非草做的，而是亚马孙的一种叫作毛瑞榈的植物做的。Dexter 拉着一位年长者跟我们介绍，说这是部落的酋长。酋长很严肃，会说西班牙语，然后挥挥手示意我们坐下，我和素满多瞬间手足无措起来。

业瓜斯印第安部落的茅草屋

穿着草裙的亚瓜斯部落酋长

表演吹

不知道向导跟他说了什么，酋长突然就咧嘴笑起来，缺了门牙的样子显得甚是可爱。酋长笑着笑着就开始绕圈走起来，其他人赶紧跟上，他们就这样一圈圈地跟着酋长迈着小碎步跑，Dexter 示意我们赶紧跟上。还没做好心理准备的我俩就这样被拉着上场了，一圈、两圈、三圈、四圈……我感觉自己要被绕晕了。终于结束后，一名年轻男子开始表演吹气枪。吹气枪很长，足足有两米，枪里一般会放毒箭。虽然吹气枪很廉价，但是简单实用，往往能一击命中猎物。素满多也拿起吹气枪吹了一口，箭并没有击中靶心，但是他兴高采烈地拿起一把小的吹气枪，决定买下来。部落的女人们看到男人已经卖出了第一件商品，便不甘示弱地把我团团包围起来，拿出那些用植物种子制作的手工项链，项链并不便宜，5 美元一条，还不讲价。

盛情难却，我一口气买了 7 条。女人们看我再也不想买，便四下散去，坐在茅草屋的长椅上闲聊。其中一位老婆婆见我拍照，

落男孩

表情严肃的老婆婆

Dexter 和他的部落朋友们

便嘱咐我多拍她几张。我竖起大拇指夸她很美。她似乎一下就懂了，然后大笑起来，一把搂住我，指着素满多要他给我俩拍合影。

这是一群简单直接的人。

有时候我们并不知道现代文明渗入原始部落是一件好事还是坏事。他们早已摆脱传统的刀耕火种，开始接受旅游业带来的好处，用手工项链等工艺品换取美元去镇子上购买食物；吹气枪再也不是射杀猎物的武器，逐渐成为表演的工具。只是不知道多年后，我们是否还能在热带雨林里遇到这样原汁原味的部落。那些逐渐接受现代文明的部落的孩子，会不会遗忘他们古老的语言，甚至忘却原始部落的存在。

你好，马丘比丘

据传在古代，印第安人选择了在库斯科缔造家园。在公元1200年，国王曼科·卡帕克遵循父亲太阳神的指示，以库斯科为都城建立起庞大的印加帝国，这成为南美大陆印第安文明的最高峰，秘鲁人称库斯科为“安第斯山王冠上的明珠”。到公元1440年左右，国王帕查库蒂开始了印加帝国的扩张，在距离都城库斯科120公里、距乌鲁班巴河2400米高的山脊之上，建立了马丘比丘古城作为帝王休息的场所，后来它逐渐变成了军事要塞。正是由于它优越的地理位置，西班牙人在长达三百多年的殖民统治时期对它一无所知，秘鲁独立后一百年里也无人涉足。

马丘比丘，见证过繁华，承受过衰败，经历了沉寂，最终再次被发现、被唤醒。

1943年10月的某一天，一位三十九岁的智利诗人聂鲁达骑着马，翻越重重大山，向马丘比丘奔腾而去。

“我看见石砌的古老建筑物镶嵌在青翠的安第斯高峰之间，激流自风雨侵蚀了几百年的城堡奔腾下泻……”

当他站在海拔2000多米的山脊之上，俯瞰着乌鲁班巴河谷，激情澎湃地写下了五百行的旷世长诗《马丘比丘之巅》。从此聂鲁达的人生和马丘比丘交织在一起，成为彼此命运的转折点。马丘比丘因此成为全世界最具诗意的历史文化遗产，自此揭开了人们怀着好奇心探索“失落的印加之城”的历史序幕。

马丘比丘，从此以最诗情画意的样子呈现在世人面前，日日低语关于印加帝国的千年故事。

我们也终为你而来。

为了看日出，我们凌晨五点便出发了，当气喘吁吁地爬上马丘比丘所在的山顶时，却已日上三竿。

云始终未曾散去，许愿也不是一件容易事。

当你走进马丘比丘，才会惊叹古人的智慧。我们依稀可以透过这些遗迹，窥探整座印加古城的原貌。城墙由石块堆砌而成，没有砂浆，这些形状各异的巨型石块精确地拼合在一起筑成墙体，它们之间的缝隙甚至连一张纸片都插不进去，堪称天衣无缝、浑然一体。而马丘比丘屹立于落差六百多米的悬崖峭壁之上，山脚下是流淌着的乌鲁班巴河，印加人是如何将巨大的石块运送上来的，至今依然是谜。如果你有耐心从一百四十多个建筑前一一走过，会发现这里甚至有完整的水利系统，能让圣泉的水从每一个房间流过。聪慧的印加人还将房子全部建成梯形，这样的结构更加稳固，可以抵御地震灾害。这些细节让马丘比丘得以在经历过历史变迁和频发的地震灾害之后，仍以较为完整的面貌矗立在世人面前。

印加人也是相当自恋的。他们会将巨石磨成和不远处的山峦一模一样的模型，放在马丘比丘城堡中。古代印加人好像有一种把所有宏伟的山川河流纳入家中的底气。

当你站在高处望向马丘比丘时，不难发现另一个神奇之处：它背后这座山的轮廓像极了印加人仰望天空的脸，而山的最高峰瓦纳比丘正是他的鼻子。不知道是否因为这座山的存在，印加人才选择在这里创建自己的帝国。

他们肯定会想：看，这是天选之地。

临走的时候，素满多悠悠地吐出一句话来：“世界上没有一个国家是建完的啊。”

我默默在心里重复这句话：没有一个国家是建完的……这倒是真理。

所以，失落的印加帝国，虽然你永远停在了历史的长河里，也没什么好难过的。

每一座城市都尚未完成。

每一座城市都有它自己的命运。

后来，我们终于在临走前的最后一天看到了的的喀喀湖上最美的日出。

后记：

从秘鲁回来后不到半年，素满多开始减少药量。

而我也选择了辞职。只有自由，我们才能知道自己究竟能飞多高。

CHAPTER 19 秘鲁：

无限不循环

作者：素满多

只有经历过严寒的人，
才知晓太阳的温暖。
走过寒冬，
在秘鲁的春天里，
我终于迎来了底色温柔的日出。

泛舟在的的喀喀湖之上

你这泼猴

除了李雷和韩梅梅，欠欠欠也是我在亚马孙结识的新朋友。欠欠欠原本叫 Ramona，它不是人，是只棕色的小母猴。它的英文名是老板给起的，因为它是只母猴；中文名是我起的，因为它真的很欠打。

和欠欠欠相遇之前，我从不敢如此近距离地和一只猴子交流，因为这种动物完全不需要理由，就可以对人类发动一次不可思议的攻击。欠欠欠则不同，我第一次见到它，它正趴在餐厅门口，见到“190”的儿子便腻着不走了，坐在地上抱着小孩子的腿不放，看起来特缺母爱。这种相对优雅的举止，只能说明它是一只曾受过良好教育的野猴。欠欠欠很符合蜘蛛猴的特征，前后肢长度差不多，手指头和脚指头也都很修长，尾巴很有意思，尖端的内侧没有毛，滑溜溜的却很灵活，完全可以当一只手来用。最重要的是，它长着一张秀气的脸，虽然脸色黑了点儿，但两只水汪汪的大眼睛似乎能带出内心的波澜。

走进欠欠欠的内心世界，我只用了三秒钟：第一秒我伸出了我的胳膊，第二秒让它用手脚和尾巴攥紧了我的手腕，第三秒让它体验离心力的快感。我感觉到了它的四肢和尾巴的温暖。

站在树上的两只金刚鹦鹉观察着这一切，心里如同明镜一般。

酷暑难耐，无心睡眠，更何况没有空调、没有网络，我脑子里全是欠欠欠，挥之不去。第二天中午，我拉着拓来福来到了我和欠欠欠相遇的地方，它真的还在这里。见到我，欠欠欠放过了小野猫，朝我走了过来。我将它双手捧起，举到面前，心中有千言万语，却又无语凝噎。我感叹大自然的神奇，感叹缘分让我们相遇，感叹……我的眼睛怎么突然花了？

这时候欠欠欠已经挣脱了我的双手，我再见到它时，它已经在房梁上了。这期间发生了什么，我根本不知道，因为它手里攥着我的眼镜……

我只能隐约看到欠欠欠钻进房梁上方的墙缝里，露出半个身子，挥舞着手里的眼镜，虽然我看不见它的表情，但黑色的脸盘上有一道弯弯的白光。欠欠欠笑起来从不露牙的，这次怎么露了这么多？两只金刚鹦鹉依旧观察着这一切。

“快来呀，我的眼镜被抢走了！”我高呼着。

“怎么了？”我隐约见到拓来福跑来。

“你看……”我指向趴在墙缝里的欠欠欠，“我的眼镜被它抢走了……”

“天哪，这可怎么办？来人啊！”拓来福高喊着，引来了酒店的工作人员，“他的眼镜被Ramona抢走了，可以帮帮我们吗？”聚过来的只有两人，一男一女都笑了。男的试图去抓住欠欠欠，但失败了，便扭头走了。

“能帮帮我们吗？他什么都看不到了……”拓来福央求着那女人。女人大概是不会说英语，只是用西班牙语像是在安抚着我们，一脸不着急的样子，紧接着又被逗笑了。欠欠欠趴在墙头看着下面发生的一切，眼镜已经不知去向。我走上前，与它相隔咫尺，清楚地看到它对着我笑：“你怎么能这样呢？我对你多好啊？你太伤我的心了！”我仰着头对欠欠欠喋喋不休地说。那个男人搬着梯子又回来了，把梯子支在墙上便爬了上去。欠欠欠见此，立刻消失了。男人撕开了三合板做成的墙面，将整条胳膊伸进去掏了一会儿，把沾满欠欠欠指纹的眼镜还给了我，我重见光明了。

后来老板告诉我们，欠欠欠平生最喜欢两样东西，一是亮闪闪的眼镜，二是iPhone。当我们问它为什么只中意iPhone的时候，老板推测，大概是因为背面的logo比较闪吧。

我们把食人鱼吃了

在亚马孙迷路的话，只要跟着溪水走，总能走到亚马孙河，前提是你一定要活得够久，因为这里实在太大了。航拍的时候，那些树林仿佛密不透光，无人机飞到500米高度的时候，依然拍不到丛林的尽头。雨林的另一头在巴西境内，虽然这场大火此时还没完全熄灭，但这里丝毫察觉不到。每次徒步一定要有向导带队，欠欠欠也跟着我们，唯独钓鱼的时候没有它。它可能是怕水，酒店里的游泳池它都不敢靠近。

小时候我看过一个有关食人鱼的灾难片，故事大概就发生在亚马孙。电影把食人鱼描绘得极其恐怖，但凡是人类或动物，只要被食人鱼啃食几秒钟，大多只剩下一具白骨。现实中的食人鱼没有电影里说的那么吓人，只要你身上没有伤口，食人鱼一般是不会攻击你的，当然也不是没有例外。常见的食人鱼往往是肚子红红的，牙齿锋利，眼睛里似乎也透出一种暗红色的杀机。它们是亚马孙河的霸主，几乎没有天敌，但繁殖能力并不那么优异，这就是它们在这里没有泛滥也没有灭绝的原因。这种鱼学名叫食人鲳，体形很小，所以擅长团队作战。据说它们首先向猎物的眼睛或是尾巴发动攻击，一旦有血溢出，便会引来无数食人鱼疯狂啃食。还有一种白色的食人鱼，形状和红色的差不多，向导也只是用颜色来区分它们。

和钓其他的鱼不同，水面波动越大，食人鱼越容易聚集，所以每次下饵前，向导总会让我们用鱼竿在水面搅动几下。所谓的鱼竿也就是一节树枝，末尾系上一根一米来长的尼龙线，线的另一头是一个尖锐的鱼钩,向导在船尾切肉,我们就只管下饵,只是多数鱼饵喂了鱼——感到手里的鱼竿震动时，立刻收竿，却发现鱼钩上的肉早就没了。

我钓上的第一条鱼，是一条鲶鱼，不算鱼须大约只有巴掌大，引来所有人给我拍照。向导折断了它的鱼鳍，说是这东西容易扎人。他将鱼握在手里的时候，我听到鱼鳃的位置发出了类似蛙叫的声音。

大家陆续钓上了鱼，拓来福是所有人里钓的鱼最多的：两条红食人鱼、一条白食人鱼外加一条鲶鱼。一直钓不到鱼的李雷不禁感叹了一句：“她可以钓到鲨鱼了。”

夜游亚马孙热带雨林

“190”和李雷两家人在我们前一天离开了亚马孙，离开前，我们交换手机输入了彼此的联系方式。让我吃惊的是，李雷不仅留下了邮箱和社交账号，还写下了他详细的家庭住址和座机电话，告诉我到了布里斯班可以随时去找他。

整个度假村就剩下我和拓来福了，准确地说，还有不超过四个工作人员。欠欠欠大概也是寂寞了，在我们屋顶上跑来跑去，每次出去和它接触时，我都要把眼镜留在屋里。

那两只金刚鹦鹉依然在树上观察着，欠欠欠只用了不到一秒钟就抓住了那只蓝色金刚鹦鹉的翅膀，把它拖到地上一顿暴揍。那场面太惨了，我和拓来福冲出去呼喊着，想叫人来解救这只可怜的金刚鹦鹉。度假村老板听见了我们的求救声，他是个满头白发的智利人，名叫 Ramirez，人很精瘦，长得和乔治·克鲁尼有几分相似。

“怎么了？”Ramirez 趿拉着拖鞋跑了过来。

“猴子在打鸟！”我们用最简洁的句子描述着这场暴行。

Ramirez 松了口气，似乎对这情况见怪不怪了。见到 Ramirez 走过来，欠欠欠停止了施暴行为。Ramirez 蹲下来抚摸着那只鹦鹉，低声安慰了几句，将它举过头顶放回了红色金刚鹦鹉的身旁，两只大鸟继续观察着一切，好像什么都没发生过。

“想不想看点儿好玩的？”Ramirez 见过我的航拍设备之后，时不时地也展示些他引以为傲的东西，就比如一只名叫 Jurry 的亚马孙鼬，那是一只每天晚上都会在固定时间跑到他的房间骚扰他的小动物，“爷儿俩”相处了两年，感情很好；它也会骚扰他老婆的叔叔徒手干掉的两条鳄鱼的头骨。

“比如呢？”拓来福问。

“夜游亚马孙！”这大概是 Ramirez 对我教他用筷子以及向大鹦鹉伸出援手的回报。当晚，他安排度假村里仅剩的两位向导带着我们开始了这次深夜徒步。Dexter 是个老成稳重的向导，这些天我们全都仰仗着他，这次夜游也是他带队，又叫上了一个年轻点儿的工作人员，Ramirez 则没有来。

对于这次非同寻常的徒步，我和拓来福其实犹豫了好久，我最担心的是毒蛇，而拓来福好像对什么都很担心，但她又觉得不走这么一趟也许会后悔一辈子，反正有两个经验丰富的向导，应该不会出什么差错。

“你经常晚上出来吗？”我问 Dexter。此时的他走在最前面，拓来福第二，我第三，后面是那个年轻些的向导。

“不经常啊。”Dexter 答道。

“你害怕吗？”拓来福问道。

“不、不怎么害怕……”Dexter 磕巴了一下，这一磕巴让拓来福乱了方寸，我也有些担忧。平日徒步的时候，每个人都会穿一双长长的雨靴，靴筒能到膝盖，但膝盖以上也只能靠自己的裤子防护着。我最担心的倒不是什么凶猛野兽，而是那些盘在枝叶上的毒蛇，被轻轻咬上一口也不是闹着玩的。

我们的旅途很是艰难，并不是因为道路泥泞，而是每走几十步，拓来福就打一次退堂鼓，我也会举棋不定。这个时候，Dexter 总会说："我们才走了几十米，要不要再走走？"我手里的强光手电是第一次去尼泊尔时买的，真正派上用场只有两次，第一次是在古巴，赶上停电，我和拓来福将它照向屋顶取亮，这回是第二次，它却快没电了。

"你没给我充电呀？"我问拓来福。

"哪儿有电啊……"的确，在这里每天就那么几个小时会有电，更何况谁想到我们会来这么一趟啊？我和拓来福换了个位置，因为她的手电电力还很充沛。

身旁的树林里传来一阵杂草摩擦的声音，我用忽明忽暗的手电照过去，什么都没有发现，但这似乎吓坏了队尾那兄弟。

"你害怕吗？"拓来福用英语向身后那位兄弟问道，他听不懂英语，Dexter 给他翻译了一下。

"一点点。"Dexter 替他答道，"他还从没夜里进过森林呢。"

那小哥憨笑着，有些不好意思。前行了不到两百米，除了几只节肢类昆虫和一张蛛网，我们再没有其他发现，也许丛林深处会有什么奇怪的东西，但我们都不太愿意朝前走了。

"我们回去吧，我觉得足够了。"我对 Dexter 说。

"等等，"Dexter 挥手让我们聚在一起，"现在把灯光全部关掉吧。"

包括相机在内，我们关闭了一切光源，头顶只有一轮圆月透过摇曳的树枝洒下些许亮光，耳边净是各种昆虫的声响，嘈杂不已。这是最真实的亚马孙，也是我们在这里的最后一个夜晚。

Ramirez 在给我们讲这条鳄鱼的故事，
墙上的照片就是他老婆的叔叔打死鳄鱼时的情景

Dexter 和他的发现

关于活着

秘鲁之行的最后一站是的的喀喀湖，在秘鲁和玻利维亚交界的高原上，湖面的海拔将近四千米，这也是我们没有选择在秘鲁自驾游的原因。我和拓来福都有高原反应，我的更严重。当初我们和一位好朋友君君去过一趟稻城亚丁和拉萨，出发前我连吃了两个月红景天，但下飞机后的第一站仍是医院，主要是为了买氧气。拓来福也会出现一些高反症状，但很快就适应了，而君君即便到了海拔将近 5000 米的地方，依然生龙活虎。我推测，这个可能是基因造就的。

我们出了机场，坐上了酒店安排的车，大约一个小时后，来到了的的喀喀湖边。高耸的芦苇遮挡着我们眺望的视线，芦苇间几条水路通向远方。没过多久，一条汽艇朝我们驶来，这是酒店的接驳船只。

船夫是个壮实的男人，肤色黝黑，戴着一顶五彩缤纷的毛线帽子。一路上我都不断想，或许秘鲁人擅长织毛衣吧，男人织、女人织、老人织、小孩织，羊驼柔软细腻的毛发为世世代代的秘鲁人供给着毛线。有时候我看着一个五大三粗的男人站在那里，手里擎着两根毛衣针在认真地忙活，总是觉得很有喜感。

沿着河道开了没多久，汽艇停在了一座小房子前，我们拎着行李，沿着伸到湖里的台阶走上了走廊。走廊是木板铺就的，下面就是干枯的芦苇，踩在芦苇上的感觉很是松软，但我总感觉自己在微微摇晃着。房子外部全部用芦苇包裹着，几扇明亮的窗户正对着的的喀喀湖，还有一张双人床，床上支起来的白色纱帘在微风里和芦苇一起飘舞着。

船夫将我们引进屋子。屋子里也是木质的地板，走来走去总是吱吱作响，有一大一小两张床，屋子正中间摆放着一台快要直通屋顶的伞形取暖器，沙发上铺着毛毯，桌上摆放着芦苇做的小船，一切都很温馨。这家酒店很有意思，每个房间的用电仅靠一台太阳能蓄电池。蓄电池只有一个 USB 插口提供电能。取暖器是燃气的，底座内嵌着一大罐燃气，每天傍晚都会有工作人员进来点燃，九点会再来提醒我们关掉。员工还嘱咐我们晚上睡觉不要锁门，因为每天早上五点左右，他们会进来再把取暖器点燃。卫生间更是奇葩。所有热水依靠太阳能，淋浴喷头很难调控，洗澡的时候冰火两重天是常事。所谓的马桶，就是在马桶圈下面放置一个大桶，上面套上一个垃圾袋，每次解决完后，在旁边一个不锈钢的大桶里，舀出一大杯类似锯末的东西撒进马桶，这样可以掩盖味道，这事不能琢磨……

来秘鲁之前，拓来福就一直期盼着看一次日出，说日出时许愿很灵验，但在马丘比丘和亚马孙，我们都错过了，的的喀喀湖是我们最后的机会。

午后的云很浓密，偶尔能见到远方的缝隙中漏出几道光，我航拍的时候这感觉很震撼，但是询问船夫明早是否能看到日出的时候，他却总说："只有明天才知道。"

在的的喀喀湖，我们不再有那么忙碌的行程，白天只是划划船，或是去看看土著的生活。这里的土著大多住在漂浮岛上，有不少人家早已商业化了，通过表演或是售卖一些小商品谋生，但也有一些依然保留着最传统的生活方式，见游客靠近，也会极力驱赶。我们跟着船夫造访过一户人家，一家三口，一对夫妻和一位老人，船夫说男主人是他的大学同学。我们到的时候，夫妻二人正在钓鱼，并没有用鱼竿，而是在芦苇地面上开了一个直径约 30 厘米的洞，两人围坐着，手里反复抽拉着一条垂进洞口的线，旁边放着一盆还活蹦乱跳的银色小湖鱼。

“要不要试试？”船夫问我，“钓不上鱼你就留在这里吧。”

这是一根有十几米的线，每隔几十厘米就有一个鱼钩，线的最下面是一根铁钉。将最后一个鱼钩顺进水里之后就可以等待鱼儿上钩了，但要不断地提拉线：缓慢放下再迅速提起，循环往复。感到仿佛有鱼上钩了，我兴奋地一节一节拉起线，却是空欢喜一场。拓来福和坐在芦苇上晒太阳的老爷爷合影，此时她已经花了 20 美元，买了两条芦苇小船了……

我们只剩下最后一个早晨了，而我的高原反应到了最严重的地步。在的的喀喀湖的最后一个夜晚，我经历着前所未有的头痛，腹泻也随之而来，不断重复着那件不能琢磨的事情，小腹的绞痛让我开始胡言乱语。工作人员住在另外的小岛上，即便住在这里，我想也帮不上我什么。

“明天晚点儿起吧……”拓来福坐在我身旁说道。

“不行、不行，早起的鸟儿有虫吃，早起的虫儿被鸟吃。”我能感受到我这些年的情绪变化，对很多事选择了遗忘，对很多痛苦也学会了不再纠结，这种打趣也成了日常，一句玩笑就能解决的问题，我不会再喋喋不休。

终于等来的的喀喀湖的日出

“能几点起就几点起吧，不看日出没关系的。”

“不行，我准备了三个愿望，你别叨叨了，睡觉吧。”我只记得那晚经历了最强烈的一阵抽搐之后就睡着了。

早上五点，酒店的工作人员悄无声息地打开房门，点燃了取暖器，屋子里很快变得温暖起来，这暖气还真是强力，要是就那么开一宿，我们可能早就变成烤肉了。这个时候，除了身上那坨又厚又重的被子压得我喘不过气以外，我倒是觉得精神变得清爽了，只是这一宿的折磨没能让我睡上几分钟，拓来福也一样。

“起床啦，有日出！”我拍打着身上的被子对拓来福说，此时的晨光已经穿过窗帘，照在了地板上。屋外很冷，却让我感到很舒服，的的喀喀湖的水光依旧微荡着，芦苇岛上只有我们两个，踩在松软的芦苇上还是感觉有些摇晃，我们朝着日出的方向走去。

我的生活中，“希望”逐渐多了起来，这些希望甚至由我创造出来，然后由我去设计、筹划，最终成形的。我逐渐开始期待花开、期待蝉鸣、期待落叶、期待白雪，很简单的事物在我的脑中也都会成为无限的希望。生活虽然没有循环，但活着的意义其实没我之前想象的那么复杂，如今我倒是觉得活着很像是旅行中的那句四字箴言——来都来了。

我们来都来了，何不再看看？

我们来都来了，何不再试试？

我们来都来了，着什么急啊？

我该许什么愿呢？那些忧国忧民的愿景太大，我不如换三个简简单单的吧：

伟大的世界，愿您保佑我身边的人永远不要遭受病痛的困扰！

伟大的世界，愿您保佑我此生值得！

伟大的世界，愿您……

这些愿望如今正在逐一实现。

后记：

我只想，活着。

我只想，更好。